écriture　新人作家・杉浦李奈の推論 IX

人の死なないミステリ

松岡圭祐

角川文庫
23774

目次

1

二十四歳の新人小説家、杉浦李奈《すぎうらりな》にとって、インボイス制度の開始は痛かった。いまだ低所得だというのに課税事業者になってしまう。

それでも萎《な》えてばかりはいられない。バイト先のローソンで、書籍コーナーの整頓《せいとん》を進めるうち、純粋に闘志が燃えだしてくる。コンビニには売れる本しか置かれない。文芸でコンビニに配本されたら大ベストセラー作家の証《あかし》だろう。

店長も李奈の本業を知っている。閑古鳥の鳴く時間帯に、カウンターのなかで店長がいった。「俺みたいなおじさんは小説なんて読まないけど、そんな俺にまで名前が知れ渡ったら、きっと一人前だろうね」

「頑張ります」李奈はローソンの青いユニフォーム姿で応じた。「レジで自分の本にバーコードを当てる日が楽しみなんです」

「そうか。……いや、ちょっとまて。そんなときまでバイトをつづける気か？」

世間一般の感覚だろうと李奈は思った。実際には小説一作が文学賞を受賞したり、映画化されたりしてベストセラーになったとしても、億万長者の座が約束されるわけではない。ずっと売れつづけるはずもないし、次作がさっぱり売れないこともある。翌年には住民税をごっそり徴収されるともきいた。かなり名のある作家でも、副業を持っている人が大勢いる。杉浦李奈著の小説がいちど売れたとしても、当面バイトを辞めるはずがないことは、李奈にとって自明の理だった。

いまはそこまでの心配さえ必要ない、そんな段階だろう。本屋大賞ノミネート一回というのは、親友の那覇優佳《なはゆうか》と同じ記録だが、いまだ著者略歴に明記できる実績がない。

とはいえ少しずつでも評価が高まってきているし、自分なりにコツをつかめてきた実感がある。今年は飛躍の年にしたい。例年どおりの願いではあるものの、春先にはそんな希望を抱いていた。

心躍る連絡もときどきは舞いこむ。鳳雛社《ほうすうしゃ》の編集者から、うちで一作書きませんかとメールが来たとき、李奈は天にも昇る気持ちになった。

鳳雛社。岩崎翔吾《いわさきしょうご》の『黎明《れいめい》に至りし暁暗』の版元だった。あの作品が絶版になって以降、李奈は鳳雛社の恨みを買ってしまったのではと、内心不安な日々を送ってきた。

李奈が事件の真相を暴いたことにより、二百五十万部以上も売れていた本は、突如として回収に追いこまれた。版元からは嫌われて当然かもしれない。だが鳳雛社は、数多くの文豪が代表作を発表してきた、文芸ひとすじの老舗《しにせ》だ。出版できただけでも作家としての格が向上する。関係が冷えきったままにしたくないと常々思ってきた。

そんな鳳雛社から誘いが来た。有頂天にならないはずがない。李奈は浮かれた気分で、千代田《ちよだ》区一《ひと》ツ橋《ばし》にある鳳雛社を訪ねた。

十階建てのビルは想像より大きく、規模としては筑摩書房か岩波書店に近かった。一階のエントランスを入ってすぐ、真正面に受付のカウンターがあるのも同じだ。

李奈は三階へ通された。そこは編集部の外にあるラウンジ風の区画で、丸テーブルが複数並んでいた。どの会社にもある打ち合わせ用の場所だった。個室よりはひとつ下の扱い。やはり最初はここから始まらざるをえないようだ。

現れた編集者は、丸眼鏡に痩《や》せ細った身体つき、スーツがややだぶつく三十歳前後の男性だった。差しだされた名刺には、鳳雛社文芸第一部、岡田《おかだ》眞博《まさひろ》とあった。

編集者との出会いは重要だ。どちらから声をかけたかにかかわらず、顔を合わせたコンビで今後歩んでいくことになるからだ。出版社にはもちろん大勢の編集者がいるが、先方に人事異動がないかぎり、別の担当に交代することはまずない。作家あるあ

ると して、肌が合わないと感じる編集者は、なかなか人事異動にならない。事前にマッチングアプリで担当を選べるわけでもないため、この出会いにはありったけの幸運を求めたくなる。

岡田という編集者の第一印象は、真面目で誠実そうで、少々気が弱そうというものだった。名刺に肩書きがないため、特に役職に就いているわけでもないとわかる。しかし少なくとも、杉浦李奈の小説に興味をしめしてくれたのだから、恩義には恩義で報いたい。

静寂のなかでもききとりづらいほどの小声で、岡田がぼそぼそといった。「杉浦さんとお仕事したいと、以前から願っておりました。新作も面白かったです」

「こちらこそ光栄です。あのう、どのような作品をお望みでしょうか」

「なんでも杉浦さんの書きたいものを」

これも作家にありがちな経験のひとつといえる。駆けだしのころは、こういうものを書いてくれとか、もっとこうしろと指示されがちだったが、本屋大賞ノミネートあたりから注文がなくなった。だからといって好きな話を書いて、出版が確約されるかといえば、そこまでの待遇は大賞受賞までお預けとなる。作家の自主的な創造性に、それなりに期待を持たれる一方、完全に信用されるまでには至らない。そんな微妙な立場になると優佳からきいていた。たしかに最近はどの出版社へ行っても、だいたいこのようにあしらわれてばかりいる。

岡田は李奈のどういう点に期待しているか、社内で杉浦李奈の小説がどんな見方をされているか、なにも語ってはくれない。たぶんそこまで大げさな話ではなく、岡田が個人的に杉浦李奈を担当したいと思い、まず声をかけたにすぎないのだろう。

ごく短時間の打ち合わせの終盤、岡田はいった。「数枚のプロットだけでも書いていただけたら、それを部内会議にかけますので」

毎度お馴染《なじ》みのことだった。しかし李奈は、どのような要請があろうとも、最初から原稿を書きあげると心にきめていた。プロットでは真価ははかれないはずだ。

なにより挑戦したい作風がある。鳳雛社といえば純文学。これまでのラノベやミステリではなく、まっすぐ人間を描く物語を手がけてみたかった。角川文庫からは『雨宮の優雅で怠惰な生活』シリーズの新作執筆を求められたものの、しばらく待ってほしいと頼み、李奈は純文学に取り組んだ。

慣れないジャンルだけに、悪戦苦闘を覚悟したにもかかわらず、筆はずいぶんすらすらと進んだ。

初夏の暑い日、長編『十六夜月』が書きあがった。原稿はワードファイル。メール添付で送るのが業界の常識だった。

やがて岡田から返事のメールがあった。

作家と編集者間のメールといっても、文体にこだわるとか、言いまわしが美しいとか、そんなことは特にありえない。文筆業のプロどうしであっても、ほかの業界におけるメールのやりとりと変わらない。

杉浦李奈様
『十六夜月』拝読しました。ひとことで申し上げて、もうこれ以上ないというほど素晴らしい作品だと思います。史緒里《しおり》の悲劇的な運命が不可避と思わせておいて、一縷《いちる》の希望の光が眩《まぶ》しいほどに輝く、そんな終盤に圧倒されました。今後の進行についてはまた後日ご連絡します。ひとまずお疲れ様でした。ありがとうございました。
鳳雛社文芸第一部　岡田眞博

胸のすく爽快《そうかい》さとは、まさにこの気分にちがいない。李奈は心からそう思った。達成感がこみあげてくる。苦労して書き終えた甲斐《かい》があった。

けれども業界の常識として、どんな駄作であれ、とりあえず担当編集者は苦言を呈さないものだ。なんでもいいから、とにかく良い点を見つけ褒めちぎろうとしてくる。そのため作家としては、編集者の賞賛が本物かどうか、文面から見極める必要がある。

李奈は何度となく岡田からのメールを読みかえした。最終的に李奈は、これは本物の高評価だろうと結論づけた。編集部全体でどうとらえられるか気になるが、まずは担当編集者からお墨付きをもらえた。輝ける第一歩を踏みだせた。

しばらくして岡田から、打ち合わせを求めるメールが送られてきた。李奈は期待と不安の入り交じった思いで、鳳雛社を再訪した。

面会はまた三階のラウンジ風の区画。テーブルの上には、プリンターで印刷された原稿の束が置かれた。李奈はひそかにがっかりした。初校ゲラではなく原稿の段階。つまり印刷所への入稿には至っていない。まだ出版は本決まりではなかった。

岡田がおずおずと切りだした。「ええと、あのう、まずは素晴らしい原稿をありがとうございました。それで、うちとしてはぜひ出版させていただきたいんですが、一部手直しといいますか、うちでだすにあたって、こうしてほしいという要望なんですが」

いままで何度経験してきたやりとりだろう。李奈はきいた。「どういう点でしょうか」

「物語の終盤なんですが……。史緒里が難病に打ち勝つという物語がですね、少々できすぎているという見方もありまして、これは喪失を描く結末のほうがいいんじゃないかと」

「……はい？」

「いえあの、ですからね」岡田が咳《せき》ばらいした。「史緒里が還《かえ》らぬ人になってこそ、よりテーマが深く掘り下げられ、読者の胸を打ち、感動を呼ぶんじゃないかと」

「でも」李奈は戸惑いをおぼえた。「これは史緒里が生命力を信じ、明日を勝ちとることに意義がある話で……。岡田さんもメールにお書きでしたよね？　悲劇的な運命が不可避と思わせておいて、一縷の希望の光が眩しいほどに輝くと」

「はい。ええ、そこに感銘を受けました。私としては正直、このままの結末のほうが好みです。ですがあの、部内会議というものがありまして、内容に指摘を受けまして」

この状況をいちども経験していない小説家は皆無にちがいない。そう思えるほどありがちな事態といえる。

作品を読んだ担当編集者からべた褒めされ、書き手は夢見心地に浸りきる。その時点では編集者も正直に感想を述べているのかもしれない。しかし部内会議に提出したとたん反対の憂き目に遭う。編集長があれこれ理由をつけ、有名どころの著者による売れそうな本の出版を優先、それ以外は後まわしにされる。

　李奈はたずねた。「失礼ながら、この結末に納得がいかないとおっしゃっているのは、編集長さんでしょうか?」

「いえ。編集長はまだ原稿を読んでいなくて……。副編の宗武《むねたけ》という者が原稿に目を通したうえで、そのような意見を」

　うわ。思わずそんな声が漏れそうになるのを、かろうじて堪《こら》える。面識はなくとも、宗武義男《よしお》という名ならよく知っていた。

　やり手の名編集者として、鳳雛社にその人ありといわれるほどの大物。ミリオンセラーを数多く手がけたヒットメーカーで、新聞や雑誌のインタビュー記事にもよく登場する。なにより岩崎翔吾に声をかけ、デビュー作『黎明に至りし暁暗』を世に送りだした担当者だ。

　李奈は鳳雛社に嫌われてはいないだろうかと、長いこと心配してきた。より正確を期せば、宗武義男という編集者の心情こそが気がかりだった。岡田から『十六夜月』を褒められた時点では、そちらの危惧《きぐ》とは無関係にことが運ぶのではと期待した。しかし幻想にすぎなかったようだ。やはり宗武という障壁が立ちはだかった。

「……あのう」李奈は意気消沈しつつ岡田を見つめた。「宗武さんは、史緒里が死ぬ結末なら、出版できるとおっしゃってるんでしょうか」

「いえ、そこまでは……。ひとまず現段階では、史緒里が助からない結末にすべきだと、宗武が感想を述べましして。いちおうそれだけなんです」

「宗武さんのご意見が、部内会議で多くの賛同を得たんでしょうか」

「賛同というか、宗武の発言は重視される傾向がありまして、なにしろ多くの有名な作品をですね……。私の上司でもありますし」

こうなることは予想がついていた。李奈は頭の片隅でぼんやりと思った。

鳳雛社はここ数年ミリオンセラーを連発しているが、それらの大半は、主人公の死によって幕を閉じる。純文学というよりは多分にドラマチックで、わざとらしいほど過剰な悲劇が演出されたうえ、少女もしくは若い女性の命が絶たれてしまう。恋愛も描かれるが、男性の思いは結局報われない。そんな単純化された物語により、〝感動〟というワードのもと、ライトな読者の涙腺《るいせん》を刺激することに重きを置く。どうやらそこに宗武が信じるところの、ミリオンセラーの法則があるらしかった。

宗武の仕事ぶりについては、李奈も耳にしたことがあった。講談社で書いたミステリの校正時、法医学について専門家のアドバイスを受けた際のことだ。担当編集者が紹介した医師に会い、設定のディテールに関し直接話をきいた。萩原昭輔《はぎわらしょうすけ》という五十代半ばの医師は、出版界と深い縁があった。小説家が求めるそうした助言も、積極的に引き受けてくれる人物だった。

　面会時に萩原医師がひそひそと告げてきた。「杉浦さんの質問は的を射ていて感心だね。ここだけの話、鳳雛社に宗武さんという副編集長がいるんだが、彼には本当に参るよ」

「なにかあったんですか」李奈はきいた。

「十代の女の子が、できるだけ悲劇的に死ぬ病気を、ぜんぶ教えてくれとさ。癌治療のように髪の毛が抜けるのではなく、死の直前まで美少女のままでいて、儚《はかな》く命をまっとうするのがいいと……。それも少女の前向きな気持ちがマイナスに働く病状なら、なおよしだというんだ」

「前向きな気持ちがマイナスに……？」

「外にでて太陽や風に当たると死ぬ難病。楽しかった記憶が毎日奪われてしまう難病。歌おうとすると呼吸困難になって歌えない難病、これは命懸けで無理して歌いきったあと、力尽きて死ぬ展開にしたいらしい。あとは恋心を抱いたら生命の危険に至るとか、彼氏から告白されたら死んでしまう難病とか……」

「そんな病気、ほんとにあるんですか」

「そこをこじつけでもいいから、できるだけそういう物語に使えそうな難病を紹介してくれとね。彼はうちの近所に引っ越してきて、同じ田舎住まいだから、厄介な頼みもきいてやった。開業医にすぎないんで、いろんな学術雑誌を読んだり、論文を検索したりしてね」

萩原医師が口にした難病のいくつかは、たしかに鳳雛社刊の有名な作品の数々に、そのまま当てはまる。主人公の少女または若い女性が、恋なり歌なり仕事なりに、生きる希望をみいだそうとするものの、皮肉にもそこに向き合えない難病に冒されてしまう。せめてもの夢すら実現できない悲劇。やがて症状が身体を蝕《むしば》み、恋人や家族の願いも虚《むな》しく、主人公の命は尽き果てる。陳腐な展開を著者の文章力で純文学にまで格上げする、それが鳳雛社の常套《じょうとう》手段であることは、李奈も薄々感じていた。

ミリオンセラーのなかにはノンフィクション本も含まれる。乳癌の闘病をブログに著わしていた二十代女性のもとに、宗武は直談判しに行き、生前に出版の約束を取り付けた。その一か月後に女性が亡くなった。宗武の熱意はたいてい好意的に報じられてきた。だが真意はどうなのだろうと、李奈は以前から訝《いぶか》しく思ってきた。答えが徐々にあきらかになってきた。

李奈は『十六夜月』の結末は譲れないと思った。鳳雛社のラウンジ風の区画で、テーブルの向こうの岡田に対し、李奈は頭をさげた。「申しわけないんですが、ご期待には添いかねます」

「……結末を書き換えられないと？」

「はい。最後だけ捻《ね》じ曲げればいいというものではないんです。ここに描いた史緒里の描写のすべてに、いまのわたしがあるので……。これがラノベやミステリなら商業的要請にも耳を傾けられたと思います。でもそういうつもりでは書かなかったので」

ふつうこんなケースでは、ではまた次の機会がありましたら、そういわれるだけに終わる。けれども岡田は『十六夜月』に未練があったのか、あるいは講談社やKADOKAWAで出版されては口惜しいと思ったのかもしれない。岡田は粘ってきた。

「も、もういちど会議でそのように伝えてみます。杉浦さんのご意思を」

李奈は軽い失望とともに鳳雛社をあとにした。純文学の鳳雛社で本がだせる、その一点だけを夢見て、全身全霊を傾け執筆に集中してきた。けれども鳳雛社のほうはそんな小説を望んではいなかった。杉浦李奈に声をかけたのも、このところ売り上げが伸びている作家だから、それだけが理由だったようだ。文芸への志の高さだけでは、企業を維持できない、そういう裏事情もあるのだろうか。

あらためてKADOKAWAの菊池《きくち》に、『雨宮の優雅で怠惰な生活』の新作を書かせていただけませんかと打診した。しかし菊池からは、いまから刊行を再検討した場合、締め切りは半年先になるといわれてしまった。日数的余裕は充分あるから、焦って執筆しなくてもいいですよ、メールにはそう書いてあった。李奈は空虚な気分で、またローソンのレジに立つ日々を送らざるをえなかった。

出版社からの依頼を待たず、自発的に長編を書き始めようか、そう思っていた矢先だった。岡田からメールが届いた。

杉浦李奈様

お待たせして申し訳ありません。部内会議にかけましたところ、私の力が足らず、やはり結論は変わりませんでした。

ふたつご提案があります。ひとつはなんとか杉浦様に『十六夜月』の結末を再検討していただき、弊社の求める作品に書き直していただけないかということです。これはご無理を承知で、あえてふたたびお願いする所存です。もうひとつは『十六夜月』ではなく、新たな作品のプロットをお考えいただき、それを会議にかけさせていただくというものです。

杉浦さんの小説家としての才能と力量は疑いの余地がなく、弊社としてもぜひお付き合いさせていただきたいと思っており……

あとはざっと目を通すに止《とど》めた。李奈はため息とともに返信を書き始めた。

就活における不合格通知、俗にいう〝お祈りメール〟と同種のものを、作家もしょっちゅう受けとる。今後の杉浦李奈さんのさらなるご活躍をお祈りしております。岡田からのメールも最後はそんなふうに結ばれていた。部内会議に通らなかったので出版も見送る、単にそれだけの結論でしかない。ただし社員から声をかけてしまった手前、またチャンスもありうると示唆しておくことが、版元の礼儀と考えているのだろう。

李奈はメールに返信した。

鳳雛社　岡田眞博様
ご連絡ありがとうございます。お気遣いにも感謝申し上げます。しかしながら先日お伝えしたとおり、『十六夜月』の書き直しについては、ご要望に添うことができかねます。大変残念ではありますが、そのうちまた次の機会がありましたら、ぜひとも相談させてください。お声がけいただき本当にありがとうございました。

李奈はコンビニの店長に頼み、シフトを増やしてもらった。働いて生活費を稼ぎながら、次回作の構想を練ることにする。ローソンの書籍コーナーで本を整頓《せいとん》するたび、鳳雛社刊の文芸書『十六夜月』の装丁がぼんやりと思い浮かんだ。短い夢だったなと李奈は苦笑した。泣くのではなく笑えるあたり、小説家として強くなったのかもしれない。

書きあげた『十六夜月』の原稿はどうしよう。講談社やKADOKAWAへ持って行っても、売れ行きが期待できそうにないと断わられる気がする。いっそどこかの文学賞に応募してしまおうか。

バイトから阿佐谷《あさがや》のマンションに帰り、スマホをいじったとき、メールの着信に気づいた。李奈は面食らった。なんと鳳雛社の宗武義男副編集長からのメールだった。

杉浦李奈様

初めまして。ご挨拶《あいさつ》が遅れまして申しわけありません。岡田が失礼しました。いちどお会いできないでしょうか。ご返信お待ち申しあげております。

鳳雛社　宗武義男

李奈は当惑をおぼえた。いちど終わった話だし、蒸しかえされるのはありがたくない、そう思えてくる。とはいえ実際のところ、『十六夜月』と鳳雛社には心残りがあった。日が経つにつれ、記憶が薄れていくどころか、無念な思いばかりが募ってくる。宗武に直接会って話をきくのもいいかもしれない。

またも鳳雛社を訪ねた。今度は個室に通された。変わった小部屋だと李奈は思った。パーティションの壁には、鳳雛社原作の映画化作品のポスターが、ところ狭しと貼られていた。大ヒットしたタイトルばかりが目に飛びこんでくる。愛を謳《うた》いながら闘病と死を描く話のオンパレードだった。たぶんすべて宗武が担当した小説だろう。きょうの面会のために、わざわざ貼らせたのかもしれない。

宗武義男副編集長は五十歳前後、小太りだがスポーツ好きっぽい雰囲気があり、肌が浅黒く焼けていた。短く刈った髪に濃い顔立ち、鋭い目つき。押しの強さが一見してわかる。会議の席でも強弁がめだつにちがいない。

もともと鳳雛社は硬派な社風であり、メディア展開が苦手だったときく。しかし宗武が映画会社やテレビ局の人間とうまくつきあい、映像化というビジネス展開を切り拓いたと報じられた。

宗武は李奈の向かいに座っていた。岡田はその横に立っている。打ち合わせ用の小部屋だというのに、宗武は部下に椅子を勧めようとしない。これが習慣だとすれば、出版社の編集部としては、いささか風変わりだ。

開襟シャツ姿の宗武が上機嫌そうにいった。「いちどお会いしたいと思ってたんですよ。岩崎翔吾とは深い付き合いだったんだが、まさかあんな人物だったとは見抜けなかった。大ベストセラーの絶版回収は痛かった」

李奈は恐縮とともに頭をさげた。「とんだご迷惑を……」

「いや！　あなたが謝ることなんて一ミリもない。むしろうちの恥が拡大するのを防いでくれた恩人だよ」

あの事件については思いだしたくないことも多い。李奈は本題に入った。「岡田さんとのメールのやりとりで、結論はもうでておりまして……」

「岡田は正直なところ実力不足で、あなたみたいに聡明《そうめい》な小説家の担当は務まらんと思う。入社したてのころ、岡田が真顔できいてきてね。原文ママとは誰ですかというんだ。どうやらムーミンママと同じ用法だと思ったらしくて」

笑い話のつもりかもしれないが滑っていた。李奈はしらけた気分でいった。「すみません。できればご意見だけ端的にうかがえないかと」

「おや」宗武が目を丸くした。「きみは案外しっかりしてるな。岩崎翔吾はきみのことを、とても内気で恥ずかしがり屋だといってたが」

「心は多少鍛えられたかも……。いろいろあったので」

「わかるよ。でも原文ママの件は本当だ」宗武が岡田を見上げた。「な?」

「はい」岡田が及び腰に告げてきた。「杉浦さん。じつは私、これまでも作家の先生がたとのやりとりで、どうも手に余ると思うことが多くありまして、そのたび宗武に相談しておりまして」

宗武がうなずいた。「そうなんだよ。岡田は真面目でいい奴なんだが、編集者に求められる資質、つまり芸術面と商業面の折り合いの付け方がへたでね。才能ある作家をうまく世にだせない。ビジネスパートナーとして良質のサポートをすべきところが、正しく務めを果たせないんだ」

李奈は戸惑いがちにささやいた。「そんなことは……」

「いえ」岡田が穏やかに制してきた。「いいんですよ、杉浦さん。事実なんです。私では充分にサポートできないというとき、いつも宗武の知恵を借りてきました。もっと売れる見込みがある作家の場合、宗武が私に代わり担当を引き受けることも、少なからずありまして」

「……はい？」李奈は軽く混乱した。「それはどういう……？」

「だから」宗武が身を乗りだした。「私に杉浦さんを担当させていただけないかと。これまで私がどんな作品を手がけてきたか、いちいち申しあげるまでもないと思うが」

申しあげるもなにも、こう部屋じゅうにポスターを貼りまくられたのでは、答えを押しつけられているようなものだ。李奈は首を横に振った。「すみません。『十六夜月』に代わる作品のプロットといわれましても、すぐには……」

「いや！『十六夜月』がいいんだ。あれは名作だよ。史緒里という女性と家族のつながり。章雄《あきお》との心の交流。描写がとにかく細かく、表現も的確で素晴らしい。ただし……」

「申しわけありませんがお断りします」

「まだなにもいってないよ」

「岡田さんからのメールでうかがいました」

「間接的な物言いでは私の意図は正確に伝わらん。校正の朱《あか》いれにウキワと書いてあったのを、ウワキと活字にしちまうようなもんだ。これが再校でも見落とされて出版されちまったからさあ大変」

「要点をうかがいたくて……」

「ああ、すまない。脱線しがちでね。あなたはこう思ってるかもしれない。この宗武という男は、小説をしょせん作り話の商品としか考えていない。登場人物のことも絵空事ととらえているから、運命をもてあそぶのになんの躊躇《ちゅうちょ》もない。だから主人公を殺してしまえば、単純な大衆の涙を誘えると安易な結論に至る」

「ちがうんでしょうか？」

「ちがうよ」

李奈のなかにほんの小さな興味が生じた。結末の書き換えに同意する気はないが、宗武が小説を読みこみテーマを理解したうえで、別の結末がふさわしいとする論拠を有するのなら、著者としてぜひききたい。そう思ったからだ。

だが宗武は李奈の期待と裏腹に、悪戯《いたずら》っぽい目をしながら得意げにいった。「じつは過去に何度か組んだ東宝とフジテレビのプロデューサーに相談してね。『十六夜月』が新人女優を売りだす新作プロジェクトの方針にぴったりだというんだ。大ヒットが期待できるよ。ただし結末については、みんなの号泣を誘う方向に……」

この人が岩崎翔吾の担当編集だった理由が、なんとなくわかる気がする。李奈は立ちあがるとおじぎをした。「どうもありがとうございました。今後のご活躍をお祈りしております」

2

季節は秋めいてきたが、日没はまだそんなに早くない。阿佐ケ谷《あさがや》駅前にある居酒屋に入ろうとしたとき、外は黄昏《たそがれ》どきを迎えていた。

賑《にぎ》わう店内の一角、座敷の四人掛けテーブルには、いつもの面々が集まっていた。李奈と同い年の那覇優佳、いくらか年上の曽埜田璋《そのだあきら》。小説家仲間の三人に加え、ひとりだけ会社帰りのスーツ姿は、李奈の兄の航輝《こうき》だった。

とりあえずビールに始まって、レモンサワーやハイボールをそれぞれが注文するころ、曽埜田がタブレット端末で『十六夜月』を読みだした。食事が運ばれてきたため、先に食べたらと李奈はうながしたが、曽埜田の真剣なまなざしが文面を追いつづける。もっとも、酒の入った赤ら顔ゆえ、どれだけまともに読めているかさだかではない。

けれどもそのうち曽埜田が顔をあげた。目を潤ませながら感嘆の声を発した。「こりゃ名作じゃないか……」

優佳がグラスをテーブルに叩《たた》きつけた。「でしょ!?　わたしもきのう読んで感動しちゃってさー。李奈ってこっちのほうが向いてるんじゃない？　って」

褒められたら嬉《うれ》しいものの、李奈はただ苦笑いを浮かべるしかなかった。「前にいってなかったっけ。お酒が入ってたら、体脂肪計の説明書でも名文に思えるとか」

「わたしがこれ読んだときには一滴も飲んでなかったの。それでも素晴らしいと思ったんだから」

曽埜田も真顔でうなずいた。「誓っていうけど、僕はアルコールをやりながら本を読むのに慣れてる。いつも寝る前にそうしてるんだよ。シラフのときと読解力も感想も変わりゃしない。その僕が心から思うんだ。こんなに見事な小説は読んだことがない」

航輝だけは懐疑的だった。「そうか？　俺も李奈からのメールに添付された原稿、ざっと読ませてもらったけどさ。ふだんのほうが面白くないか」

優佳と曽埜田は揃ってブーイングを発した。曽埜田は首を横に振った。「お兄さんはわかってない」

「そのとおり」優佳が呂律《ろれつ》のまわらない声を響かせた。「この『十六夜月』はね、いつもの杉浦李奈作品とちがうの。面白がらせようと思って書いてはいない。だけど深いの。胸の奥にじわじわと浸透してくるっていうか」

曽埜田がまたタブレット端末に目を落とした。「〝落ちこんだ果ての鬱屈《うっくつ》した気分が、はっきりしない日の陽射しのように明暗を行ったり来たりし、冷えきった水分も細胞の隙間という隙間に浸みいってくる〟……。ここ、いいよな。史緒里の心情と環境の空気感が同時にうまく描写されてる」

優佳も同調した。「台詞《せりふ》も冴《さ》えてるって。お医者さんは史緒里が作家だと気づいていうでしょ。『最後の一文を書かない小説は、いや最後の句点を打たないうちは、まだ小説じゃない』だなんて。激渋くない？　そこ読んでさー、涙がドバーッとあふれちゃって」

曽埜田は李奈を見つめてきた。「絶対にこのまま出版したほうがいいよ」

「絶対にそう！」優佳が語気を強めた。「李奈の新たな一面を見せるチャンスだって」

李奈は思わず唸《うな》った。「鳳雛社でだす前提で書いた作品だから……。断わられちゃったいま、ほかのどこに見せればいいかわからなくて」

優佳は曽埜田の手からタブレット端末をひったくった。「宗武さんって会ったことないけど、きくからに胡散臭《うさんくさ》い人だよね。悲劇の結末だけで商売になるとか思いすぎ」

「実際にそれでミリオンセラーを連発してるから……」

「わかる？　主人公ができるだけ悲しく死ねば、ふだんあんまり小説を読まない人たちが、泣けたとか感動したとかいって口コミをひろげてくれるの。だけどそういう結末を効果的にするためには、終盤の一歩手前までがよく書けてて、主人公が魅力にあふれてる必要があんの」

曽埜田がいった。「まさにそいつだ。主人公の死という結末だけ決まってても、そこまでの流れを書くほうがずっと難しい。だから宗武さんは、人物描写に優れた小説を見つけては、みずから担当編集者に名乗りをあげて、結末を書き換えちまうんだろう」

「それ！」優佳が曽埜田を指さした。「とてもいい子が死んじゃった、めちゃくちゃ悲しいって結びにすれば、ミリオンセラーのいっちょあがり。李奈。宗武さんはそのための下敷きとして『十六夜月』を選んだんだよ」

李奈はため息をついた。「史緒里の心の支えになって、生につながる伏線が、あちこちにちりばめてあるのに」

「物語の構造なんかどうでもいいと思ってるんでしょ。映画やドラマは、好感度の高い女優さんの死ぬシーンさえあれば、観てるほうが泣くじゃん。それとおんなじように、好感度の高いキャラづくりだけ『十六夜月』からいただいて、あとは死ぬ駄文のみ付け加えようってのよ」

航輝が苦笑した。「でもそういう話が好きな人は多いよ？　会社でも女性社員はみんな『涙よ海になれ』の感想で持ちきりで」

「わぁ」優佳が大仰に顔をしかめた。「でたよ。鳳雛社の最新ミリオンセラー」

『涙よ海になれ』は今年の初春に出版された小説だった。著者は飯星佑一《いいぼしゆういち》という新人で、鳳雛社で二作だしていたが、どちらも売れず無名の状態だった。いまでは飯星佑一の名は『涙よ海になれ』とともに、日本じゅうに鳴り響いている。あらゆる文学賞を総なめにし、以来ずっと文芸ベストセラーランキングの一位を記録しつづけていた。来年にはオールスター・キャストによる大々的な映画化が決定済みだという。

李奈も『涙よ海になれ』は読んだが、内容はこれまでの鳳雛社の小説と変わらなかった。大学で知り合った男女の恋愛が進むうち、女性が指定難病に冒されていると判明、最後は死別する。しかしベタな題名に加え、従来の同種の小説よりは物語の流れがスムーズで、大衆に受けやすかったのかもしれない。『涙よ海になれ』はハードカバーの単行本で、価格も二千円だが、じきにダブルミリオンを記録しようとしている。

優佳がオニオンリングをつまみながらいった。「どうせ『涙よ海になれ』も宗武さんの担当だろうけどさー。いままでより圧倒的に売れてるよね。なにがそんなにいいんだろ」

曽埜田が応じた。「過去の鳳雛社の有名作品が、結末を書き換えたってのは納得がいくよ。どれもなんとなく不自然で唐突だったんだ。でも『涙よ海になれ』はその点、ストーリーが自然だな。たぶん最初からそういう結末だったんだと思う」

「作家の飯星佑一さんがもともと、宗武さんの好みどおりに執筆したってこと？」

「要請をきく作家がいたとしてもふしぎじゃないだろ。宗武さんのいうとおりにすれば、売れる見込みもおおいにあるんだし」

「ぜんぶじゃないよね？　コケたやつもいっぱいあるよ」

航輝がハイボールのグラスを口に運んだ。「宗武さんの要請を蹴《け》ったのが李奈。受けいれたのが飯星佑一ってわけか。向こうはいまごろ阿佐谷の低層マンションより、いいところに住んでるんだろうな」

優佳はかちんときたようすだった。「お兄さん。そういう態度はよくない。なんでも世のなかカネみたいな」

「そんなふうにはいってないよ。ただ李奈も、そのうち専業作家をめざすならさ、収入のためと割りきった作品を手がけることも、それなりにおぼえてかなきゃ……」

「ちがう！」優佳はタブレット端末を航輝の眼前に突きつけた。「エンタメ小説ならそろばん勘定もありだろうけど、これはちがうの！　純文学。お兄さん、こんなに生き生きと人物が描けてる小説を読んだことがあって？　あなたの妹が書いたんだよ？　誇らしく思うべきでしょ」

航輝は当惑をしめした。「わかったわかった、そんなにぐいぐい来なくても……。悪かったよ。俺が読書下手の小説音痴なのは知ってるよな？　そのうちコミカライズされたら漫画を読むよ」

「コミカライズって。角川文庫とヤングドラゴンエイジじゃあるまいし」

李奈はまた苦笑しながら優佳を制した。「いいから」

曽埜田が優佳の手からタブレット端末を取り戻した。「杉浦さん。きみが『十六夜月』を守り抜いたのは嬉しいよ。僕も見習いたい。小説家としてプライドを持たなきゃね」

どう答えようか迷う。酒を飲まない李奈はウーロン茶をすすった。プライドを維持できるのはいいのだが、せっかく書いた小説は広く読まれてほしい。できれば紙の本として出版したい。どこか当てはあるだろうか。

3

優佳と曽埜田、兄の航輝は飲み会の終了後、揃って阿佐ヶ谷駅に向かいだした。三人とも酒が入っているせいか、『十六夜月』の感想を、周りにきこえるように話すので始末が悪い。本人たちは宣伝のつもりかもしれないが、出版見込みの立たない小説について駅で触れまわっても、草の根運動にもなりはしないだろう。李奈は気恥ずかしさから、そそくさと距離を置いた。

主人公が死んで終わる物語が、すべて安易というわけではない。広津柳浪《ひろつりゅうろう》の『残菊』もあれば、徳冨蘆花《とくとみろか》の『不如帰』、トルストイの『アンナ・カレーニナ』もある。田村俊子《たむらとしこ》はデビュー作の『露分衣』から最終作『カリホルニア物語』まで、ヒロインが幸せの絶頂を迎える直前に病死、もしくは自殺する結末が多かった。

いまから二十年ほど前、李奈がまだ子供だったころにも、病気でヒロインが儚《はかな》く命を落とす文芸が流行《はや》った。それらの多くは、大人になった今日読みかえしても、誠実な内容でよく書けていると感じる。けれども鳳雛社の最近のミリオンセラー群は、その表層だけをすくいとった、ビジネス優先の模倣に思えてならない。

げんなりした気分で駅の北口から、中杉《なかすぎ》通りを自宅マンションへと歩きだす。三菱UFJ銀行と西友はずっと変わらない。あまりひとけのないロータリーには、牛丼チェーン松屋の看板が光る。

ところがそんなロータリーを眺めるうち、ぎょっとするものが目に飛びこんできた。『涙よ海になれ』百八十万部突破と大書されている、大型ワンボックスカーのラッピング広告だった。なんとも場ちがいに思える。渋谷《しぶや》あたりならともかく、この時間帯の阿佐ケ谷駅前にいても、たいして宣伝にはならないだろう。

妙に思いながらロータリー沿いの歩道へと舞い戻った。大型ワンボックスカーはハイルーフだった。トヨタのアルファードをキャンピングカーに改造したらしい。広告に費やせる面積も、屋根が高くなったぶん拡大している。文学賞四冠、ベストセラーランキング一位、映画化決定などと惹句《じゃっく》が並ぶ。

なんだか心が冷えてきた。どうにも下品な宣伝ぶりは、鳳雛社という版元のイメージと相容《い》れない。宗武副編集長の活動方針により、社風が変化しつつあるのだろうか。

李奈は足ばやにそこから離れようとした。ところがそのとき、車体側面のドアが横滑りに開いた。

キャビンはたしかにキャンピングカーだが、内装はパーティー仕様でゴージャス極まりなく、煌《きら》びやかな照明とソファセットがのぞいていた。車内から姿を現わしたのはなんと、スーツ姿の宗武だった。李奈は思わずずつんのめりそうになった。

「やあ杉浦さん！」宗武は片手にシャンパングラスを掲げていた。「お迎えにあがりましたよ。こちらへどうぞ」

李奈はむしろ歩を速め、急ぎ足で遠ざかった。すると宗武はドライバーになにやら大声を発した。ワンボックスカーは側面ドアを開けたままロータリーを徐行周回し、李奈にすり寄るように並走してきた。

「杉浦さん！」宗武がなおも呼びかける。「マンションを訪ねたけれども、まだお帰りじゃなかったので、駅前で待っていたんだよ。どうか話をきいていただけないかな」

なぜ住所を知っているか問いただす必要はない。丸善版聖書事件の発端になった、プライバシー情報の流出騒ぎがいまだ尾を引いている。

李奈は頭を掻《か》いた。「話は終わったと思いますけど」

「では原稿を読んでいただきたい」

「原稿？　なんのですか」

「小説だよ。プロの目からアドバイスをもらいたい。それぐらいならいいだろう？」

ぶしつけな態度ではあるものの、宗武はどこか人たらしな雰囲気を纏《まと》う。馴《な》れ馴《な》れしさが嫌味になりきらず、かえって気さくさまで感じられる。

なにより鳳雛社の名物副編集長から、未知の原稿を読ませてもらえるとなると、無下にスルーできない。読書に目がない性格のせいかもしれない。グルメが有名レストランの試作料理を無視できないのと同じだ。

それでもなお李奈は慎重にきいた。「どこかに連れ去られるなら遠慮します」

「そんなことはしない。クルマはここに停めたままにする。ならいいだろう?」

李奈は駅を振りかえった。交番は反対側の南口にある。スマホを持ってはいるが、安心しきるのは難しい。もうひとつ条件をつけておきたかった。李奈は宗武に要求した。「ドアは開けたままで願います」

「わかった。アースノーマットが効いてるから、開放状態でも蚊は入ってこないはずだ。ではどうぞ。歓迎する、杉浦李奈先生」

ロータリーの歩道に寄せた車体が、ハザードランプを焚《た》いたまま停車しつづける。宗武がキャビンの奥へひっこんだ。李奈は当惑をおぼえながらも、ガードレールの隙間からロータリーの路面に降り、車内へのステップを上った。

キャビンは狭いものの、豪華な応接間も同然だった。天井の円い照明にスワロフスキーがちりばめてある。テーブルを挟んだ向かいに宗武が座っている。李奈もシートベルト付きのソファに腰掛けた。クッションに身体が深々と沈んだ。

　李奈はため息まじりにいった。「広告用のラッピング車両のわりに、贅《ぜい》を尽くした内装ですね」

「このクルマで飯星君と書店まわりをするんだよ。飯星佑一君、つまり『涙よ海になれ』の作者だ」

「はい。お名前は存じあげてますが……。書店まわりって、サイン本を作ったり、著者の手製ポップを贈ったりする都内行脚ですよね？　このクルマで乗りつけるんですか？」

「そうとも。きのうも有楽町《ゆうらくちょう》の三省堂へ行ったばかりだよ。クルマが停まっているあいだもいい宣伝になる」

　まるで少しお金をかけた演歌歌手……。李奈は開け放たれたままのドアの外を眺めた。駅の改札からでてくる通勤客が、妙なものを見る目つきを向けてくる。ラッピング広告車の内部にいったい誰がいるのか、みな知りたがるようだ。

　居心地の悪さを感じながら李奈はうつむいた。「鳳雛社のイメージとは、だいぶ異なる宣伝活動ですね」

「どう異なる？　直木《なおき》賞芥川《あくたがわ》賞の文藝春秋だって、週刊誌の文春砲が騒がれだしてからは、かなり俗っぽさを露呈してる。新潮社にも同じことがいえるな。うちはKADOKAWAと同じく、報道系の雑誌がないから、有名人のゴシップには手をださない。純粋に本を売ろうとしてるだけだ。むしろ健全じゃないか」

「それで原稿というのは……？」

「ああ。ここにあるよ」宗武はわきの大判封筒から、A4用紙の束を取りだした。二百枚ほどがクリップで綴《と》じてある。縦書きの印刷は小説家にとってお馴染《なじ》みの文書形態だった。表紙には題名があった。『インタラプト』と記されている。

李奈は原稿の束を引き寄せ、表紙を開いた。一ページ目から小説の文体と字組だとわかる。漢字と平仮名や片仮名のバランス、改行の位置などから、プロによる執筆なのも一目瞭然《いちもくりょうぜん》だった。李奈はきいた。「著者はどなたですか」

「飯星佑一ではないよ。まだこれからという段階の、名もない駆けだしの新人作家でね。しかし著者が誰なのかは問題じゃない。私の渡したプロットどおりに書いてもらったからね」

「宗武さんの原案ですか」

「原案というより事実だ。つい最近、実際に起きたできごとを、ノンフィクションノベル風にまとめてもらった。印刷した原稿に私が朱《あか》をいれ、修正させた物がこれだ。つまり印刷所に入稿してないだけで、完成度はゲラの初校段階に等しい」

ノンフィクション……。李奈は小説を読み始めた。だが一行目から問題のある記述を含んでいた。

三十一歳の編集部員、岡田眞博は中途採用で鳳雛社に入った。

のっけから面食らわざるをえない。李奈は顔をあげた。「登場人物は実名ですか?」

宗武が悪びれるようすもなく答えた。「現時点では完全なノンフィクションだからね。名前なんてもんは、入稿前の一括変換でどうとでもなる。それよりまずは実名で本人そのものを描写したほうがリアリティがでるし」

「岡田さんは了承済みですか」

「いや。わけあって彼とは話していない。その理由も読み進めるうちにわかる」

「申しわけないんですが、ご本人の同意を得ていないノンフィクションは……」

「いいから! 名前は変えるといってるだろう。事実に基づく小説として深みをだすためには、ひとまず現実のとおり忠実に書くことだと、私が作家に指導したんだ。きみからすれば拙《つたな》い文章表現かもしれんが……」

「そうでもありません」

「一行読んだだけでわかるのかね」

「ええ。変に気取った情景描写から始めるのではなく、年齢と氏名とバックグラウンドを一行で説明していて読みやすいです。語順で社名より人物のほうが重要と、さりげなく強調してるし、〝入社した〟ではなく〝入った〟としたのは、鳳雛社の社と漢字がダブるのを気にしたからでしょう」

「さすが鋭いな。でもそこは私が朱をいれて修正した箇所なんだよ。書き手の本来の腕は、きみの賞賛を得られるレベルではなかった。いまは一読に堪えるものになってると思う。先を読んでくれないか」

やれやれと思いながら原稿に目を戻す。李奈は速読に自信があった。滑らかに文面を読みこなしていく。


三十一歳の編集部員、岡田眞博は中途採用で鳳雛社に入った。

家電メーカーの販売部から転職後、小説のことなどまるでわからないまま、岡田は文芸第一部の配属となった。

前の職場での渾名《あだな》はヤギ。草食系男子としてはストレートすぎる比喩《ひゆ》だが、いじられるほどの面白みもなかったがゆえ、凝ったニックネームがつかなかったのかもしれない。岡田にもその自覚があった。みずからの存在意義を問ううち、新たな職場で勝負を賭《か》ける気になった。

岡田は真面目だった。表記揺れのチェックにもPDFによる検索を併用せず、ひとむかし前の校正者のように目を皿にし、熱心にゲラを読みこんだ。誤字発見率の高さから、デジタルツールを使っていないことを、彼の同僚や上司さえも気づかないほどだった。

まめな性格で面倒見がよく、気遣いのできる男ゆえ、新人作家に対しても常に献身的だった。編集者一名につき、三十名以上もの作家を担当する出版業界にあって、ひとりひとりと真摯《しんし》に向き合う岡田は、学校のクラス担任のごとく頼りにされた。

編集者の仕事は単なる校正作業に止《とど》まらず、あらゆる雑務を含め多岐にわたる。新人発掘もそのひとつだった。小説投稿サイトで頭角を現わしつつある書き手を見つけ、メールを送り、プロの作家に育てあげる。そんな育成過程にも、岡田は熱心にとりくんだ。

ある晴れた日の午後、岡田はひとりの新人候補と打ち合わせをした。まだ社内に招くほどでないアマチュア作家との面会は、九段下《くだんした》のガストか、神保町《じんぼうちょう》のサイゼリヤと相場がきまっている。

サイゼリヤの小さなテーブルを挟み、岡田は七歳年上の新人候補と向き合った。プリントアウトした原稿の束をテーブルに置き、穏やかに岡田は切りだした。

「とてもいい出来だと思います。これなら部内会議でも前向きに検討されそうです」

三十八歳の家具販売員、小説家をめざす橋山将太《はしやましょうた》は、やや懐疑的に表情を曇らせた。「そうでしょうか……」

「いや！」岡田は笑ってみせた。「今度こそだいじょうぶです。自信を持ってください。私もこの『花曇りの椅子』を、全力で上司に売りこむ所存ですから」


李奈は軽度の愁いをおぼえた。岡田との打ち合わせが自然に想起され、落ちこまざるをえなくなる。

宗武が見つめてきた。「まだ一ページ目だろうが、どう思うかね」

「そうですね。岡田さんの人格はよくとらえてます。熱心で真面目なぶん……」

「融通がきかない」

「ええ。でも優秀な人なんですね。原文ママの意味を勘ちがいしたなんて、やはり冗談でしょう？」

「本人も認めてたように、半分は本当だよ。〝この原文ママとはどういう意味ですか〟ときいてくるから教えてやった。すると微笑しながら〝ママって、誰のお母さんかなと思いまして〟と」

やはり冗談にすぎなかった。それでも李奈がいる前で、岡田は宗武からの揶揄《やゆ》に反発せず、自分を下げることを厭《いと》わなかった。上司に対しても気配りのできる人物だった。ただし李奈の見たところ、あのときの岡田はかなり意気消沈していた。ストレスも溜《た》めこんでいるにちがいないと思えた。天性の太鼓持ちというわけではなく、あくまで将来のため耐え忍ぶ日々を送っている、岡田はそんなふうに見えた。杉浦李奈の担当が宗武に替わることも、やはり不本意に感じていたようだ。

岡田不在のこの場で、あれこれ詮鑿《せんさく》することはフェアでない。にもかかわらず、憶測ばかりに走らざるをえない理由は、この小説の書きようにある。李奈はいった。

「作品の方向性が問題でしょう」

「というと？」

「主語が〝岡田は〞と三人称になってはいますが、〝岡田にもその自覚があった〞との表現から、この章は岡田さん寄りの視点で書かれてるとわかります。でも岡田さんの了承を得ていないとおっしゃいましたよね？」

「そうだ。しかし実際にあったできごとをありのまま書いてる」

「神の視点にして書くこともできたはずなのに、岡田さんの内面を描写するのは好ましくありません。事実とは異なるかもしれないのに、あらぬ誤解を生む可能性が……」

「そこはだいじょうぶなんだ。編集部の複数の人間に読ませたうえで、正しいかどうか確認をとったからな。岡田の視点のように書いてあるのは、あくまでリーダビリティを重視したせいだ。ほら、脚本家出身の作家によくあるだろ。第三者の目で見たような味気ない描写が延々つづいて、場面転換がやたら多い小説。あれはよくない」

「味気なくても、ノンフィクションノベルを謳《うた》うからには、事実のみを記述するべきです」

「あー、ちょっと語弊があったな。最終的には読み物としての商品価値を高めたい。エンタメ小説の醍醐味《だいごみ》が必要ってことだ。そのためにはあるていど著者の主観や、独自の解釈、憶測が入ってくる。歴史小説と同じだよ。司馬《しば》遼太郎《りょうたろう》だってそうだろ。竜《りょう》馬《ま》があの小説のとおりに考え、台詞《せりふ》と同じことを口にしたかといえば……」

「おかしいですよ」李奈は遮った。「岡田さんはまだ三十一歳、ご存命で現役バリバリ、しかも鳳雛社の社員じゃないですか。本人の了解なく、憶測を交えたモキュメンタリー小説にする必要がありますか？」

宗武はふいに真剣な顔になった。「本人の了解を得られない、れっきとした理由があるんだよ。だが編集部の全員と、橋山将太君の証言から、できるだけ事実に沿って再現している。小説的に人物描写を膨らませていても、おおむね正しいってことだ」

意図が理解できない。いったいこれはなんのために書かれた小説なのだろう。もう少し読み進めれば、なにか見えてくるものがあるのか。李奈は原稿に目を戻した。

家具販売員だった橋山の経歴を活《い》かし、それらの商品に関するうんちくを織り交ぜながら、購入者の日常生活を描く純文学を書かせることにした。家具小説シリーズと銘打った第一作『花曇りの椅子』だったが、さっぱり売れなかった。初版たったの千五百部だというのに、大半が返品の憂き目に遭った。第二作『寒露の机』は、初版を千二百部まで減らされたが、これもまったく話題にならないまま、取次への委託期間を終えた。

九段下の立ち飲み屋〝スイーズ〟の店内で、岡田は橋山とビールジョッキを掲げ、力なく乾杯した。本来は出版を祝う打ち上げのはずが、岡田の都合で二週間ほど延びた結果、売れ行きの悪さを知ることになった。よってふたりきりで飲み交わす場ながら、最初から残念会の様相を呈していた。

紙の本で三作目の出版は厳しい。次があったとしても電子書籍の配信のみだろう。岡田はなかなかいいだせなかった。厳しい事実を作家に伝えるにあたり、アルコールによる支援が不可欠に思えた。ラミネート加工されたメニューに目が向く。酔い潰《つぶ》れては意味がないが、チューハイなら適切かもしれない。

橋山がぼそりと告げてきた。「まだ次のお酒が決まりませんか」

抗議の声の響きに思える。岡田は冷や汗とともに橋山を見つめた。「いえ……。そういうわけでは」

大事な話がある、橋山の目がそううったえていた。「じつは、その」

「なんですか」

「鳳雛社といえば、とても有名な編集者さんがおられましたよね。宗武さんという」

「ああ、はい。宗武は上司です。副編ですよ」

宗武義男。岡田が心から尊敬し崇拝する上司だった。部内会議では大きな発言力を有する。家具小説シリーズについても常々、宗武に指示を仰いできたのだが、そのことを橋山には伝えていなかった。偉大な上司の名を口にするのは恐れ多いと感じたからだ。

橋山がジョッキを空けた。「岡田さん。いちど宗武さんを紹介してもらえませんか」

「宗武を……ですか？」

「はい。ご意見をうかがいたいんです。いえ、岡田さんには本当に親身になっていただいています。ご指導も適切ですし、売れない理由が私の力量不足にあるのは、充分わかっています。でも宗武さんといえば、ミリオンセラー連発のスーパー編集者じゃないですか」

岡田のなかに不安がよぎった。上司に負担をかけるばかりでは、あまりに申しわけなかった。一方で橋山の思いは手にとるようにわかる。本音ではきっとスーパー編集者たる宗武に担当してほしいと思っているのだろう。宗武は新人作家の隠れた才能を的確に見抜く。まさに尊敬に値する慧眼《けいがん》の持ち主だ。岡田の気づきえない橋山の優れた面も、宗武なら発掘しうるのではないか。

無力感に打ちのめされている場合ではない。きっと自分にとっても勉強になる。岡田は微笑してみせた。「そういうことでしたら、いますぐにでもメールします」

「宗武さんはお忙しいかと……」

「部下や作家のためなら、いつでも相談に乗ってくれるんですよ。あの人は文芸界への貢献のために生きてるんです。まさに万能編集者そのものといえるでしょう。心から尊敬してます」

李奈は醒《さ》めた気分で原稿の束を閉じた。「元の原稿を拝読できますか」

「元の原稿？」宗武が眉《まゆ》をひそめた。「そう変わらないよ。誤字脱字を修正して、てにをはを整えただけで」

「この二ページは本来一ページていどの分量だったはずです。文体が突然変化してます。もともとスーパー編集者という表現はなかったでしょう。岡田さんも橋山さんも、やたら宗武さんを賞賛してますが、すべて別の人間の手による追加です。宗武さんの朱《あか》いれですよね？」

「し、失敬な。私が自分についての描写を水増ししたとでも……」

「『じつは、その』と橋山さんが言い淀《よど》み、岡田さんの台詞『なんですか』に一行を費やしているのは、沈黙の空気感を醸しだす工夫です。なのに『鳳雛社といえば、とても有名な編集者さんが……』といきなり饒舌《じょうぜつ》に転じています。この著者に特有の定型や韻律が崩れてるんです。岡田さんの『副編ですよ』も不自然です」

「元からそう書いてあったんだから仕方がない」

「たったこれだけの文章のなかに、尊敬という言葉が三度もでてきます。この著者はめだつ漢字熟語の反復を避けたがる傾向があるのに、憧憬《しょうけい》や畏敬《いけい》など、別の表現を用いないのは変です」李奈は腰を浮かせかけた。「元のままの原稿を読ませていただけないのなら帰ります」

「ちょっとまった！」宗武があわてたようすで引き留めた。「たいしたもんだ……。さすが杉浦李奈さん。小説読みとしても一流だな。噂どおりのお人だ」

「誰が読んでも違和感をおぼえると思います」

「そうか。それはよくないな。もっとうまく手を加えないと」宗武はノートパソコンをとりだし、タッチパッドに指を滑らせたりタップしたりした。画面を李奈に向ける。恐縮ぎみに宗武が告げてきた。「朱いれはプリントアウトした原稿におこなった。これは著者が書きあげたままの内容だよ」

李奈はふたたびソファに座り直すと、ノートパソコンのモニターを眺めた。ワードファイルに修正前の元原稿が表示されている。

大事な話がある、橋山の目がそううったえていた。「じつは、その」

「なんですか」

「宗武さんというかたをご存じですか」

「ああ、はい。宗武は上司です」

橋山がジョッキを空けた。「その……」

「なんでも遠慮なくおっしゃってください」

「では……。いちど紹介してもらえませんか」

「宗武を……ですか？」

「はい。ご意見をうかがいたいんです。いえ、岡田さんには本当に親身になっていただいています。ご指導も適切ですし、売れない理由が私の力量不足にあるのは、充分わかっています」

「そんなに謙遜《けんそん》なさらなくても……。力及ばないのは私のほうですよ。本当に申しわけありません。宗武にきいてみますから」

たしかに元の著者の文章にちがいない。こちらのほうが流れが自然だし、よほど現実的で納得がいく。

宗武が遠慮がちにいった。「第二章を読んでくれないか。岡田が連れてきた橋山君に、私が会うところからだ」

第二章は岡田が橋山を、宗武に引き合わせたところから始まっている。相変わらずどんな意図で書かれた小説かはわからない。ただし元原稿は妙な手直しが入っていないぶんだけ、一読には値する。李奈は原稿を読み進めた。

4

鳳雛社三階の打ち合わせコーナーに現れた宗武は、このところ暑いせいかポロシャツ姿だった。アウトドアが趣味の宗武は年じゅう日焼けした顔のままだ。小学生のころから健康優良児で、いまだ虫歯も一本もないときく。

挨拶《あいさつ》もそこそこに、橋山は原稿の束をとりだした。「じつは宗武さんに新作をお読みいただけないかと……」

「新作ね」「ほう」宗武はさほど興味をそそられたようすではなかった。

岡田はひとり面食らっていた。『花曇りの椅子』と『寒露の机』につづく三作目を、橋山が脱稿済みだとは知らなかった。新たな原稿に着手するとの連絡さえ、岡田は受けとっていない。もしや最初から宗武に読ませる気だったのだろうか。

「どれ」宗武は原稿の束の表紙を開いた。一ページ目はそこそこ読みこんだが、二ページ目では早くも拾い読みと化し、その後は原稿全体を鳥瞰《ちょうかん》するように、どんどんページを指で弾《はじ》いていく。

橋山が不安そうな顔を向けてきた。岡田は内心困惑していた。宗武が原稿を読むときはいつもこうだ。ちゃんと要点は理解できている、宗武は常々そう豪語する。だが岡田には同意できなかった。商売人としての嗅覚《きゅうかく》はたしかに優れているが、宗武は文学というものを軽視しすぎていないだろうか。その姿勢が従来の鳳雛社に足りなかった点かもしれないが……。

宗武が早くも最後の一ページに目を通し終えた。原稿をまとめてテーブルに戻すと、ため息まじりに宗武がいった。「俺が担当しよう」

橋山が喜びに顔を輝かせた。その瞬間を岡田はけっして見逃さなかった。と同時に驚きもこみあげてくる。こんな売れない小説ばかり書く無名の作家は切れ、宗武は橋山について、つい先日の会議でそういい放ったばかりだ。

けれども宗武は満足そうな面持ちだった。「家具シリーズとかいう妙な縛りと決別したのが評価に値する。大学生カップルの女のほうが、これでもかとばかりに悲劇に遭うのもいい。最後に死んでしまうのもよくわかってる」

橋山はよほど感激したのか、うっすら目を潤ませながらうなずいた。「鳳雛社さんのベストセラー作品に学びました」

岡田の胸中に動揺がひろがった。宗武が担当してきた小説の数々、安易なヒロインの死やお涙頂戴《ちょうだい》の物語、商業主義的エセ純文学へのアンチテーゼが、橋山の家具シリーズだったはずではないか。

なにより家具販売員だった橋山の知識を活《い》かし、家具を題材に書いたほうがいいとアドバイスしたのは、ほかならぬ岡田だった。橋山はその路線に手応《てごた》えを感じたと、岡田への感謝を口にしていた。

にもかかわらず橋山は宗武と会うにあたり、あっさりと家具シリーズを蹴《け》った。椅子や机をテーマに据え、愛用者らの平凡な日常を描く、上質な小品としての文学シリーズは終わった。唐突に打ち切りとなった。書き手の橋山がみずからの意思でそうした。担当の岡田はなにも知らされなかった。

これは裏切り行為ではないのか。あるいは岡田は最初から、橋山が宗武に会うための踏み台にすぎなかったのか。

いや。前はそうではなかった。宗武にゴマをすりたいのなら、一作目の時点でそんなテイストの小説を書けばいい。そのうえで宗武に読んでほしいと願いでることは可能だった。どうせ部内会議では宗武が出版の是非について、全権を掌握しているに等しい。宗武が気にいる作風なら、処女作から推してもらえた。

なにが橋山を変えてしまったのか。売り上げだろうか。彼の創作意欲を存分に反映した家具シリーズ二作。それらが鳴かず飛ばずに終わった事実が、橋山にこだわりの心を捨てさせたのか。

「橋山さん」岡田は静かにささやいた。「私のせいで……」

「いえ」橋山の表情はどこか醒《さ》めていた。「そういうわけじゃありませんから」

宗武が淡々といった。「内容はほとんど手直しの必要もないが、題名はいかんな。『落ち椿』では古くさすぎる。『涙よ海になれ』にしよう。著者名も変えるか。理想のペンネームはいつもストックしてある。きみは飯星。そう、飯星佑一だ」

李奈は驚いた。「橋山さんが飯星佑一だったんですか」

「そのとおりだよ」宗武がうなずいた。

「でも飯星佑一さん名義で、鳳雛社での既刊が二冊あったはず……」

「『花曇りの椅子』と『寒露の机』だよ。それぞれ『愛は虹よりも高く』と『夢見る乙女の余命』と改題し、『涙よ海になれ』の刊行寸前に再販した。家具シリーズという、へんてこな括《くく》りは取っ払った。『涙よ海になれ』が売れることはわかってたから、同じ著者の本が二冊でてれば、書店で一緒に平積みされる」

「ちっとも知りませんでした」

「『涙よ海になれ』が有名になりすぎて、ほかに二作ほどあるという情報ぐらいしか、世間に認識されていないからな。それら二作とも、結末は書き換えさせたが、『涙よ海になれ』には及ばなかった」宗武は口もとを歪《ゆが》めた。「どうかね、杉浦さん。多少は残念に感じてるんじゃないのかね。『涙よ海になれ』の大成功を、きみも『十六夜月』で手にできたかもしれないんだよ」

それについて答えははっきりしている。この車両のラッピング広告に自分の名が大書されるのはご免こうむる。小説家として成功したいと願う気持ちと、魂を売り渡してもかまわないという決心とのあいだには、大きな隔たりがある。どんな恩恵にあずかろうとも、『十六夜月』の史緒里を殺せるはずがない。

宗武がノートパソコンを指さした。「第三章は『涙よ海になれ』のベストセラー街道爆走と社会現象についてだ。これはきみもよく知ってるだろうから、飛ばして第四章に進んでかまわない」

「小説を飛ばし読みしたくないんですが」

「そうはいっても第三章には、第四章以降につながる伏線もないしなぁ。あー、『涙よ海になれ』の略称として『ナミウミ』と呼ばれるようになったのは好かんな。ナミウミブームとか、マスコミは妙な言い方を吹聴《ふいちょう》したがるが、サーファーの話みたいだ」

どうでもいいと思いながら李奈はページを繰った。たしかにざっと見るかぎり、こしばらく世間を賑《にぎ》わせた『涙よ海になれ』の話題のみで文面が埋め尽くされている。ふたたび内情を描くのは第四章からになるようだ。

岡田は独身だった。高円寺《こうえんじ》のワンルームマンションで、マットレスの上に仰向《あおむ》けになり、天井をぼんやりと眺めつづける。閉めきったカーテンから正午近くの陽光が射しこんでいた。

こんな眺めとともに耳に届くはずの、外で遊ぶ子供たちの声が、いまはきこえない。休日ではないからだ。

きょうも会社へ行かなかった。これで三日つづけて無断欠勤している。スマホの電源はいれていない。もうメールを開く気にもなれない。

宗武が編集長になる、そうきかされた翌日から、働く意欲が失われた。深酒のせいで寝坊したのがきっかけだった。酔いが醒める前にまた飲んでしまう。でかけたりはせず、買ってきたウィスキーの瓶を、この部屋のなかで空ける。中身のなくなった瓶が、いつしか十数本も床に転がっていた。

小説は売れない。活字の本全般が商売になりにくい。そんな世のなかで、鳳雛社の本が爆発的に売れるのは結構なことだ。ボーナスがでるともきいた。成功は自分の担当した本でなくていい。編集部はひとつのチームだ。チームは勝った。大手出版社が慄然《りつぜん》とするような業績を挙げた。鳳雛社はこれまでも、文芸でミリオンセラーを連発する希有《けう》な版元として知られてきたが、今回は拡大の速度と規模がちがった。まさしく社会現象だ、大ブームだ。

だがその立役者がどうして橋山将太でなければならなかったのか。飯星佑一なるペンネームは、いまだ岡田のなかで橋山と結びつかない。

飯星こと橋山はすっかり変わった。昼のテレビにも頻繁にでてくる。洒落《しゃれ》た薄手のスーツはブランド物で、宗武がオーダーメイドで作らせたときく。

最後に橋山と直接会ったのは先週の編集部内だった。まだ以前の安物のスーツ姿だったが、口座にどんどんお金が入ってくるんです、さも嬉《うれ》しそうにそういった。喜びに満ちた目は、いちおう岡田に向けられていたものの、心はほかへ飛んでいたように思える。

橋山は宗武と意気投合していた。会話する声も互いに弾んでいた。めったに姿を見せない社長が現れ、ふたりは名コンビだと絶賛した。編集部にいる社員たちもみな笑顔だった。すなわち飯星佑一の次回作が、いや次回作以降もずっと、宗武が担当編集を務めることが既定路線になっていた。岡田が口を挟む余地はまったくなかった。

なにもかも不条理かつ不本意だった。橋山将太を最も評価しているのは岡田。岡田と橋山は、編集者と作家の理想形。つい先日まで同僚たちからはそんな声があがっていたはずだ。ところがなにもかも変わった。宗武がやっているのは商売だ。橋山を深く理解し、作品の質を向上させていける編集者は、自分をおいてほかにない。岡田は強くそう思った。

その夜、岡田は橋山にメールを送った。

橋山将太様
　このところ会社でほとんど話せなくてすみません。あらためまして『涙よ海になれ』の成功おめでとうございます。ところでまだ宗武にはきいていないのですが、私のほうに以前提出していただいたプロットの数々、原稿に取りかかる予定はありますか？　もしそうでしたらぜひご連絡ください。今後ともよろしくお願いします。

鳳雛社文芸第一部　岡田眞博

　返信はすぐにあった。

岡田様
　メールありがとうございます。前に岡田さんに見ていただいた、少女とトイプードルの話、『桜並木は満開で』の題名で、いま再校ゲラまで進んでいます。なにもかも岡田さんのおかげです。心から感謝申しあげます。

飯星佑一

橋山の筆が速いことは知っていた。宗武のもとでどんどん新作に着手し、量産態勢に入っているようだ。『桜並木は満開で』にかぎらず、岡田に提出したプロットの数々が、それらの下敷きになっているのだろう。

もともと鳳雛社の文芸第一部で、出版を検討したプロットだ。誰が担当になろうが実現したのは喜ばしい。けれどもプロットを最初に会議でお披露目したのは岡田だった。岡田は企画を通せなかった。没になったプロットを宗武は再生している。今後も多大な利益を会社にもたらすにちがいない。まさしくドル箱だった。

全プロットがいちど死んだ。殺したのは岡田、蘇《よみがえ》らせたのは宗武。その事実は動かしようがない。

岡田は半ば放心状態のまま、ぶらりとマンションの部屋をでた。すでに陽は傾きつつあった。財布ひとつだけを持ち、いつもの通勤ルートに歩を進める。中央《ちゅうおう》線の上りに乗り、御茶《おちゃ》ノ水《みず》駅で下車すると、都心は暗くなっていた。煌《きら》びやかなネオンの谷間、歩道いっぱいに人の群れが駅へ押し寄せてくる。岡田はひとり流れに逆らい歩きつづけた。着くころには退社時間を過ぎている。宗武が残業中の保証はない。飯星こと橋山が一緒にいるかどうかもわからない。それでも岡田は、ただ鳳雛社をめざし歩いた。

李奈は顔をしかめてみせた。「これはさすがにやりすぎでしょう」

「なにが？」宗武はグラスに並々注いだシャンペンをすすった。「そのパソコンに映ってる原稿に、私の手は加わってないよ」

「自室で悶々《もんもん》としてる岡田さんの葛藤《かっとう》とか、なぜ第三者にわかるんですか。マンションをでてからも、ひとりで会社へ向かってるんですよね。その過程で考えたことを、著者の勝手な想像で補うなんて」

「きみは思ったよりも固い人間だな。小説ってのは餅《もち》と同じで膨らませるもんだろう。事実を踏まえてさえいれば、読み手によりわかりやすく、登場人物の心理描写を掘り下げて綴《つづ》る。著者の独自解釈が織りこまれていることは、読者も承知のうえだ。そうじゃないか？」

「事実を踏まえていればとおっしゃいますが、無断欠勤したのが本当だとしても、三日間ずっと引き籠《こ》もってたとか、耐えがたい気分で外出したとかは……」

「マンションの管理会社に、防犯カメラの録画を観せてくれるよう頼んだ。なんの断りもなく会社を休んでいたし、その後も事情をきける状況にないからね。管理会社は要請に応じたよ」

「防犯カメラですか……？」

「この章に書かれた心理描写は、彼がときおり部屋をでたり入ったりする姿や、三日目の夕方に会社へ向かうときのようすをもとにしてる。その映像をきみに観せてもいい。きっと同じことを思うだろう。憔悴《しょうすい》、困惑、苛立《いらだ》ち、なにより泥酔。岡田の内面はあきらかだった」

録画映像をチェックするほどの事態とは、いったい岡田になにがあったのだろう。李奈は先を読み進めざるをえなかった。


鳳雛社の文芸第一部、オフィス内に居残っているのは、岡田の同僚数人だけだった。

誰もが戸惑いを隠しきれずにいるようだ。岡田を見て、お疲れ様ですと挨拶《あいさつ》したのち、机に目を伏せるものの、気になったようにまた顔をあげる。編集長が探してましたよとか、宗武さんが連絡するといってましたとか、奥歯にものが挟まったような言い方で、上司と話すよううながしてくる。岡田はただぼんやりと、宗武はまだ副編なのか、いつ昇進するのだろう、そう思うだけだった。

社員たちはそれ以上干渉しようとせず、各自の仕事に戻った。沈黙の漂う室内を、岡田は無言でぶらついた。やがて宗武の机に近づいた。

足が自然にとまった。机の上にゲラがだしっぱなしにしてある。岡田はゆっくりと歩み寄り、それを見下ろした。直しかけの再校だ。作業の途中なのは、修正箇所をしめす付箋《ふせん》が、半分ほどのページまでしか貼られていないことでわかる。ゲラの束をそっと閉じると、表紙の題名が目に飛びこんできた。『桜並木は満開で』だった。

少女とトイプードルの素朴な関係を描く話。終盤で少女がクルマに轢《ひ》かれたかもしれないと勘ちがいしたトイプードルが、母親の腕を抜けだし、交差点へと駆けつける。読者もその時点では不安に駆られるが、なんの事故もなかったとわかり、少女がトイプードルを抱きあげるくだりに、ほっと胸を撫《な》でおろす。温《ぬく》もりに満ちた関係を、微笑ましく見守る母親の目線で、物語が締めくくられる。

岡田はふと悪い予感をおぼえた。ゲラのページを繰り、終盤に目を走らせる。思ったとおりの展開がそこにあった。少女がクルマに轢かれる。駆けつけたトイプードルまでバイクに撥《は》ねられてしまう。

もの悲しさに気が鬱《うつ》するばかりではない。どうしようもない憤懣《ふんまん》と憎悪が胸の奥に渦巻いた。飯星が、いや橋山がみずから結末を変えた。理由は宗武の存在以外にありえない。

この変更がまた富を生むのだろう。これが現代文学の正しいあり方なのか。予想される莫大《ばくだい》な印税と引き換えに、橋山は自分で作りだした生命をまた殺してしまった。小説家はなにを生業《なりわい》とする職業なのか。紙に印字された文字列が、大衆から騙取《へんしゅ》できれば、内容はなんでもいいのか。

岡田は机の上からゲラの束をすくいとった。それを脇に抱え、足ばやに出口へと向かった。岡田さん、社員のひとりがそう呼んだ。いっそう歩が速まった。岡田は駆けだした。自分の行為が窃盗以外のなにものでもない、そうわかっていながらも立ちどまることはなかった。

5

李奈は読むのを中断していった。「岡田さんが正しいです」

「おい」宗武が心外だという顔になった。「それはないだろ。あいつがやったことは泥棒だよ」

「少女とトイプードルの心温まる話を……。悲劇に書き換えさせたんですか。血も涙もないでしょう」

「誤解だ。飯星君は自発的にそういう結末の小説を書いてきた。私は過去に岡田が提出したプロットの内容など、完全に忘れていたよ。この第四章はね、飯星君の証言や、岡田の行動を目撃した社員による推測を含め、こうにちがいないとの解釈をもとに書かれた。だが私には納得できないとこがあったので、朱《あか》いれをした物が別にあるんだが……」

「宗武さんが悪者っぽく書かれてるのが不満だったんでしょう。岡田さんが反発するのはあくまで商業主義であり、宗武さんについては上司として尊敬していると、微妙に表現を変えさせた」

「いつの間に読んだ?」

「読まなくてもわかります。正解だったんですね」

「そんなに怖い顔をしないでくれるか。私はひとまずノンフィクションとしてこの小説を書かせたが、どうも著者は善悪を単純に二極化したがるようでね。だからそうじゃないという根拠を補ったんだ。編集者が商売人になることを、いかにも悪く書くのは、あまりに偏った解釈……」

「岡田さんはどうなったんですか？　いま直接話をきけないってことは、まさか……」

「いや。警察に捕まったわけじゃないし、まして失踪《しっそう》したり死亡したりはしてない」

「それをきいただけでも安心しました」

「安心？　岡田に盗まれた再校ゲラがどうなったか気にならんか？」

「わたしがこの物語のつづきを創作するなら、岡田さんは原案どおりの結末に朱《あか》いれして、勝手に印刷所に入稿するでしょう」

宗武は目を瞠《みは》った。「きみはやっぱり天才作家だな。それともどこかで、実際になにが起きたかをきいたか？」

「いいえ。知りませんでした」

この小説は現実に起きたできごとを遡《さかのぼ》り、岡田の内面を推論しながら書かれている。それゆえ事件に至るまでの心理描写は、動機が徐々に構築されていく過程でもあるため、読者に物語の方向性が示唆される。よって展開はおおよそ予測できる。

李奈はつぶやいた。「第五章で鳳雛社と宗武さんが、てんやわんやの騒ぎになったのなら……」

「なったとも。『桜並木は満開で』の念校を見て、直しの多さにびっくり、その内容に二度びっくりだ。元の再校どおりにもういちど直してもらうため、取締役総出で印刷所に頭を下げにいった。きみも私たちに同情するだろう?」

「正直スカッとします」

「きみはやっぱりKADOKAWAや講談社の申し子だな。私たちのような零細出版社を見下すのか」

「どこが零細なんですか。元手がかかっていないだけ、毎回大儲《おおもう》けじゃないですか」

皮肉のつもりだったが、宗武は褒め言葉に解釈したようだ。上機嫌そうな笑顔に転じ宗武がいった。「私は商業出版のなんたるかを知り尽くしてる」

李奈はいっそうあきれた気分になった。「少女とトイプードルを死なせるのが、お金儲けの秘訣《ひけつ》ですか」

「いないよ。少女? トイプードル? どこにいる? 絵の一枚すらない。架空の話を綴《つづ》った文章が紙に印刷されてるだけ。ただ読者の脳内に、実在するような錯覚を生じさせるにすぎん」

「シャーロック・ホームズが滝壺《たきつぼ》に落ちたとき、ロンドンじゅうが喪に服したのも、近松門左衛門《ちかまつもんざえもん》の心中浄瑠璃《じょうるり》に影響を受け、江戸《えど》の世に情死が多発したのも、ただの気の迷いですか」

「きみはどう考える？　小説の登場人物なんて、しょせん創作の過程で紡ぎだされた、想像上の産物と割りきる心もあるだろう。そうじゃなきゃ物語なんか書けないんじゃないかね？」

「想像上の産物であっても、それを生んだのが作者であるなら、その命には責任を持たないと」

「おいおいおい！　本気でいってるのかね。血の通う赤ちゃんが実際にいるのとは本質的にちがう。なのにどうしてそんな理屈になる？」

「読者にとっては実在の人間と同じだからです」

「そんなに真剣に読んでる読者は稀《まれ》だよ。そもそも活字を読める人間自体が少ないからな。小説の内容に現実感をおぼえるほど、のめりこめる連中はもっと少ない」

「いま連中といいましたよね？　馬鹿にしてるんじゃないですか」

「杉浦さん」宗武は苦笑ぎみのしかめっ面になった。「そんな大げさな」

「小説を楽しめるのは才能です。活字の描写を自然に事実として受けとれる人たちが、宗武さんの書き換えた結末にもすなおに涙して、口コミを広めてくれるんでしょう。世間の評判にあぐらをかいてると身を滅ぼしますよ」

「まったまった、杉浦さん」宗武は両手を突きだし振った。「たしかに小説家は、いかにもキャラクターに命を吹きこんだかのように主張したがるし、さも真剣に取り組んでるふりをする。あとがきとかでな。著者のあとがきは寒いのが多い。ラノベなんか特にそうだ。キャラと会話したり、編集との身内コントみたいなのはもう……」

「わたしはあとがきを書きませんが、真剣なふりをしてるのではなく、真剣に登場人物を描写してるんです。察するに宗武さんは小説について鈍感かと」

「鈍感？　私が？」

「そうです。鈍感だからこそ、敏感な読者の反応を他人《ひと》ごととみなし、突き放して商売に徹することができるんです。それも才能っていえば才能ですし、宗武さんの場合は途方もないですよね。収益がすべてを証明してます」

宗武がまた屈託のない笑いに転じた。「わかってくれたか」

李奈は絶句した。どんなことでも賞賛に受けとるという、もうひとつの才能が宗武にはあるようだ。短絡的思考といえばそれまでだが、あまりに吹っ切れている。腹立たしいはずが、宗武の無邪気な笑顔に向き合ううち、なんとも驚いたことに、李奈もつられて笑ってしまった。小説家にとっては敵だというのに、なぜか憎めない中年男性だった。どんなに苦言を呈しても、宗武のほうで対立をご破算にしてしまう。それが人たらしたるゆえんでもあるだろう。

　またノートパソコンの原稿をスクロールさせる。李奈はきいた。「岡田さんがゲラを持ち去ったのは事実なんですか」

「すべて本当のできごとだ。警察沙汰《ざた》になって大騒ぎだったよ」

「逮捕はされていないと……」

「厳重注意で済んだ。文春や新潮に嗅《か》ぎつけられないかヒヤヒヤしたよ。あいつらも昔は同業の出版社をネタにしなかったんだが、最近は仁義もへったくれもなくてな。『ナミウミ』鳳雛社の壮絶内紛！　いや、内乱！　とかそういう見出しを嬉々《きき》として載せそうだ」

「岡田さんはまだ鳳雛社の社員なんですか？」

「社長が情に厚い人だから、社員への聞き取り調査の末、なんと訓告処分で済ませた。だが岡田は予期してたんだろうな。社長は私をパワハラ上司扱いすることが多かったし、なかなか芽のでない岡田に同情的だった。クビにならないのをわかってたんだ。そこが岡田の汚いとこだ」

　どちらが悪いのか容易に判断を下せるものではない。李奈はため息をついてみせた。

「儲《もう》かったら内輪揉《も》めが始まる。よくきく話ですね」

「きみにも経験があるか？」

「いいえ。儲かってないので」

「めんどくさいぞ。百万部を超えるとな、これのここのアイディアは自分が考えたと、みんなが主張し始めるんだ。私の実母まで電話をかけてくるんだよ」

「お母様となるとかなりお年ですよね」

「そうでもないが八十は過ぎてる。印税の二割を要求してきた。信じられるかね。長編小説のなかに二回だけでてくる猫の名前が、実家で飼ってるのと同じだといって、それで二割だぞ」

「岡田さんはその後、出社なさってるんですか」

「しばらくは来てたらしいが、私は忙しくて、全国あちこちを飛びまわる身でね。よくは知らない。やらかしたくせによく会社に来れたと感心するよ。二度目の騒動ではさすがにクビになるかと思ったんだが……」

「まだなにかあったんですか」

「あったとも」宗武がノートパソコンに顎《あご》をしゃくった。「そこに書いてある。第六章だ」

6

文芸編集者の仕事は多い。まず新人作家の発掘。次にマーケティングに基づく企画立案。内容を企画書にまとめ、部内会議に提出し承認を得る。作家に小説執筆を依頼、詳細な打ち合わせ。ベテラン作家の場合はとりあえずまかせられるが、新人ならプロットを一緒に構築する。完成原稿を受けとったら校正校閲作業。営業部と話し合い、刊行までのスケジュールを決定。装丁の依頼。初校、再校、念校ゲラの手直し。宣伝のため書店まわりやサイン会、各媒体に取材を募ったりもする。書店員を訪ねての意見交換も欠かせない。ほかに編集部で運営する文学賞の雑務もある。

それらのほとんどについて、岡田は役割を求められなかった。始末書を書かされたのちは、ただ編集部に籍を置いているだけの立場になった。新人作家の発掘が許されていないため、そこから始まるすべての工程が休業状態だった。文学賞の運営スタッフからもとっくに外されていた。いっそほかの部署に飛ばしてもらいたいとも願う。もういちど本づくりを頑張ってみろと、社長が情けをかけてくれたときには、すなおに涙が滲《にじ》んだ。しかし現場の上司からは仕事をあたえられない。

やることのなくなった岡田が、唯一出席できるのが部内会議だった。自分の企画は持ちこめない。ほかの編集者らが提出する企画について、多数決への参加ぐらいが、岡田の唯一の役割だった。ただしそれすらも数回の会議を経て、徐々に煙たがられるようになってきた。

岡田はいつもの顔ぶれとテーブルを囲んだ。役職がいちばん上なのは、定年間近の齋木《さいき》章裕《あきひろ》編集長だが、神経質そうな外見のとおり常に弱腰だった。会議をまわすのは副編の宗武の仕事になる。再来月にはいよいよ宗武が編集長に就任するときいていた。

二十代後半の阿部《あべ》美幸《みゆき》が企画書のコピーを列席者に配った。微笑とともに美幸がプレゼンを始めた。「西村尚芳《にしむらなおよし》さんの新作になります。地方の中小企業を舞台にした群像劇で、株券の紛失事件が発端になることから、ミステリの趣もあります。でも物語の根幹にあるのは、家族愛と社内恋愛の行方、さまざまな人間模様で……」

すなおな思いが岡田の口を衝《つ》いてでた。「くだらない」

室内がしんと静まりかえった。社員の大半は、また始まったか、そういいたげな顔で沈黙する。岡田は気にもかけなかった。意見を述べるのが会議の席だろう。敬遠されるべきは本心を偽ることだ。

宗武が仕方なさそうにいった。「岡田。なにがどうくだらないんだ？」

「主人公が高卒の叩《たた》き上げで、ライバルが重役の息子で有名大卒？　いまどきありえないぐらい陳腐な構図じゃないですか。恵まれた社員の高慢な鼻をへし折ることで、読者の溜飲《りゅういん》を下げようなんて、馬鹿げた思いつきです。高卒は高卒ですよ」

四十代の佐藤義仁《さとうよしひと》が表情を険しくした。「差別的なものの見方だ」

「いえ、事実です」岡田はいった。「逆転劇もくだらないです。主人公が過去に部活で得た知識と技術が、偶然にも役立ったりするんですからね。こんなもん、最初の仕事がほかの取引先だったら、ライバルが勝って終わりですよ」

美幸の目が潤みだした。「こ、この小説はですね、職場における仕事は副次的な扱いでして、メインになるのは恋愛です。わたしは西村さんの綴《つづ》る、ときめきの描写の美しさに惚《ほ》れこみまして……」

岡田は横槍《よこやり》をいれた。「こんな偶然の勝利に立ち会ったからといって、主人公に惚れるヒロインも頭がどうかしてます。いっそ終盤には難病で死んだらどうですか」

言葉を失ったようすの美幸が下を向いた。そのうち嗚咽《おえつ》さえ漏らし始めた。年上の石倉佳子《いしくらよしこ》が慰めにかかる。ここ数回の会議と同様、気まずい空気が漂いだした。

宗武が硬い顔で申し渡した。「阿部さん、あとで落ち着いたらもういちどプレゼンをきこう。若手作家の本を優先しようか。恒川由理子《つねかわゆりこ》の担当は……」

「私です」三十代の矢部忠嗣《やべただつぐ》が片手をあげた。「『エミリア書房の新刊入荷』と題する、十代から二十代をターゲットにした青春小説になります。京都に洒落《しゃれ》た洋館風の書店がありまして、その名をエミリア書房といいます。こちらの老主人が身体を悪くし、店を畳むことになったのですが……」

岡田は口をはさんだ。「本好きの女子高生が、書架と内装にアドバイスをしたとたん千客万来。過去にいったい何百万回使われたプロットだと思ってるんですか」

「きみ！」矢部は怒りのいろを浮かべた。「意見を述べるのと、話の腰を折るのとはちがうぞ」

ベテラン編集者の廣上克洋《ひろかみかつひろ》も低い声を響かせた。「ブクログあたりでも、きみみたいなレビュワーをよく見かける。ケチをつけてまわることだけを生き甲斐《がい》にしてるような人間だ。できれば批判に止《とど》まらず、建設的意見を述べてくれると助かるんだがね」

「ええ」岡田は居住まいを正した。「建設的意見ね。売れる本にしましょう。本好きの女子高生は余命一年。原因不明の難病に冒され、活字を読むと寿命が縮まる」

石倉佳子が食ってかかった。「それは宗武さんへの嫌味？」

重い静寂が漂う。廣上が神妙な面持ちで宗武にいった。「提案があるんですが」

「なんだね」宗武がたずねた。

「岡田」廣上は身を乗りだしてきた。「私の見たところ、きみは飯星佑一……いや、橋山将太と、かなりうまくやれていたように思える。売れ行きはいまいちだったが、きみは橋山の書く小説の要点を的確にとらえてた。橋山のほうもそんなきみを信頼し、身をまかせてたように思う」

列席者らが一様にうなずく。岡田は嫌気がさした。どうせ結果をだせなかった編集者に対し、現実を受けいれるように迫るだけだろう。

　廣上がつづけた。「きみと橋山は、編集と作家のたしかな二人三脚を歩んでた。共に成功をめざそうと誓いあっていた気がする。共感の波長が一致してたと思うよ」

　岡田は顔をそむけた。「だからなんですか」

「ひねくれて周りに迷惑をかけるぐらいなら、もういちど橋山と組めばいい」

　列席者の沈黙は前と変わらない。ただし静けさの質がちがった。複数の視線が交錯する。岡田は宗武を一瞥《いちべつ》した。宗武は渋い表情をしていた。

　いくつものふたしかな感情が織り交ざってこみあげてくる。岡田はつぶやいた。

「いまさらそんな話……」

　だが廣上は淡々と告げてきた。「飯星は以前、本名の橋山将太で書いてたな。岡田が担当を務める新作はその名でいくのか、飯星佑一でいくのか、本人の意思をきけばいい」

　石倉佳子の眉間《みけん》に皺《しわ》が寄った。「担当を岡田さんに戻すんですか？　飯星さんはもう宗武さんと確固たる信頼を築いてますよ」

　矢部が唸《うな》った。「私が思うに、廣上さんのおっしゃるとおり、以前の橋山さんは岡田さんと共鳴しあってました。それこそコンビの作家みたいに、ふたりでひとりみたいなところがあったとお見受けします。またうまくいくのでは……」

岡田の脈拍はひそかに速まっていた。心臓の鼓動が内耳に響いてくるようだ。同僚らも内心では、きっと岡田に憤るばかりにちがいない。それでも慈悲をもって接するべきと思ったのか、あるいは懲罰めいた挑発のつもりか、橋山とふたたび組ませようとしている。

編集長の齋木がうながすようにいった。「宗武君」

宗武は頰筋《きょうきん》を微妙にひきつらせていた。苛立《いらだ》ちや忌々しさの感情がありありとのぞく。憤懣《ふんまん》やるかたないといったようすの宗武が、吐き捨てるように同意をしめした。「わかった。飯星にきいてみる」


李奈はつぶやいた。「面白くなってきました」

宗武がノートパソコンを軽く指先で叩いた。「私にとっては腹立たしい記憶だが、それでもよく書けてはいる。じつのところ突っぱねてやりたかったが、編集長の手前そうもいかなくてな」

「岡田さんの件、飯星さんとは話したんですか？」

「もちろんだ。三人で話し合うことになった」

「へえ」李奈は純粋に驚いた。「本当に……」

「ああ。そりゃもう大変だったよ。だがようやく飯星と岡田を同じテーブルにつかせた。場所は鳳雛社の三階、打ち合わせ用の個室だ。私を含め三人きりでな」

李奈はモニターの原稿を目で追った。「しばらく岡田さんの内省的な描写がつづきますね。居酒屋で飲んだくれたり……」

「暴れて警察を呼ばれた件だな。それもちゃんと店員らの証言に基づき、忠実に再現してあるよ。だが三人での打ち合わせは少し飛んで第八章だ」


パーティションに囲まれた小部屋は味気ない。四人掛けのテーブルと椅子だけが狭い空間を占める。ひとつは空席だが、あとの三つの席はそれぞれに埋まった。因縁の三人がようやく顔を合わせた。

そんな感慨も自分だけか。岡田はそう思い直した。橋山と宗武はしょっちゅう一緒にいる。いまはそこに岡田が加わった、それだけの構図でしかない。

ただし岡田のなかに意外な思いがこみあげてきた。目の前にいるのは飯星佑一ではない、たしかに橋山将太だった。前と変わらない安物のスーツを纏《まと》っている。

どこか自信なさそうにうつむく横顔、緊張に身を固くするさま。なにもかも昔に戻ったようだ。

宗武もぎこちない表情だったが、それでも世間話のような口ぶりで切りだした。

「もうすぐ週末だが、飯星君は寝ても覚めても執筆に忙しくてね。休日も私から逃れられんとは、不幸な身の上だよ。きょうはそこんとこも遠慮なく、正直な思いをきかせてほしいが」

「充実してます」飯星こと橋山が微笑とともにささやいた。「ひとりではだらだらと過ごしがちなので、土日も朝から声をかけていただけるのは、本当にありがたいことです」

岡田はふたりの会話を聞き流すつもりだった。宗武が本人たちにしかわからない話題で、岡田をひとり蚊帳《かや》の外に置こうとするのは予期できていた。以前からよく使う手だ。だから無視をきめこもうとした。

だが休日も宗武が干渉しているとなると疑問が湧いてくる。宗武は多摩《たま》西部のあきる野《の》市に住んでいる。自宅は山奥の立地だ。キャンプ場のような環境のなか、家族で自然を満喫して暮らす。休日の悠々自適の生活について、宗武がテレビ番組の取材を受けたこともあった。岡田は宗武の家に招かれたことはない。番組を観たのみだった。アウトドアを生き甲斐とする宗武は、休日にはかならず家に帰り、釣りやDIYに励んでいる。なのに土日も宗武が橋山に関わるとは、趣味のいっさいを放棄してしまったのか。

疑問に答えるように、橋山が岡田に告げてきた。「私もあきる野市に住んでるんです」

「本当に？」岡田は思わず驚きの声を発した。

その直後、自分に怒りをおぼえた。宗武がにやりとしたからだ。

「じつはな」宗武が椅子にふんぞりかえった。「飯星君は独身だし、埼玉に弟さんがいるがそっちは既婚者だ。儲《もう》かりだした飯星君は、もうほかの仕事も辞めて専業作家になったんだから、うちの近くに住んだらどうかと提案したんだ。都会を離れて、静かな環境で執筆に精をだせる。夜間や休日は私のサポート付きだ」

岡田は皮肉を口にした。「心が安まるときもないと、ストレスが溜《た》まるんじゃないですか」

「それがちがうんだ。飯星君は案外、寂しがり屋でな。親元を離れて上京し、まだ婚活を始める予定もなかったから、いつもひとりで飲み歩いたりしていた。いまは土曜の夜に、うちで夕食をとってるよ。私の妻や娘とも仲がよくてな」

　橋山は曖昧《あいまい》な表情でささやいた。「執筆が捗《はかど》るようになったのはありがたいと思ってます」

「そうとも」宗武が目を細めた。「一か月に一作を書き上げるとは超人並みだ。これからはぜひ半月に一作をめざしてもらいたい」

「無理ですよ、そこまでは」橋山が苦笑した。

　平常心を保とうとしてきたが、どうしても焦りの感情がこみあげてくる。橋山の本心はどちらにあるのか。宗武はいましがた、自分の妻子と橋山の仲のよさについて言及した。橋山の曖昧な表情は、複雑な思いの表れとも感じられる。けれども宗武との談笑に、無理しているようすは微塵《みじん》も感じられない。

　岡田は橋山を見つめた。「そろそろ本題に入りたいんですが」

「なんですか」橋山は岡田を見かえさなかった。

「前に私のもとでいくつものプロットを……。いや、それらのプロットに基づかなくてもいいんです。あなたが本来書きたかった小説を書いてみませんか」

「……私は書きたいものを書かせてもらっています」

「いや、だから……」

「ああ。商業面での求めに応じない、純粋な作家主義の文芸ということですか。

もちろんそれにも挑戦します。いまはその土台作りです」

「土台作り？」

「充分な収益を得て、できるだけ読者層を広げ、飯星佑一の書くものなら異色作でも興味を持ってもらえる……。そんなレベルの作家になることが当面の目標です。純文学で賞を狙うのは、小説家としての盤石たる基礎を築いてからです」

「橋山さん。しかし……」

「執筆を急いでも、売り上げを期待できなければ、宣伝どころか発売も危ぶまれます。ずっとそうだったじゃないですか。だからまずは土台作りからなんです」

「そんなのは難しいですよ」岡田は半ば無理やり苦言をひねりだした。「谷崎潤《たにざきじゅん》一郎《いちろう》や永井荷風《ながいかふう》は大衆小説を書いたけど、彼らはもともと純文学作家でした。逆に大衆小説家から純文学作家への転身となると、なかなか世間に認められないものです」

宗武が嘲笑《ちょうしょう》に似た笑いを浮かべた。「いつの時代の話をしてるんだね？　村上《むらかみ》龍《りゅう》や山田詠美《やまだえいみ》は？　現代はなんでもありだよ。それに飯星君は、ラノベやＳＦやミステリの分野から、純文学をめざそうってんじゃない。『涙よ海になれ』も純文学だ。大衆路線の純文学で、大きな人気を獲得したというだけだよ」

エセ純文学だと岡田は思った。胸を刺すような自責を感じながら岡田はいった。

「橋山さん。売れる下地を作れなかったことは本当に申しわけない。しかし私は長いことあなたを担当してきて、ほかの誰よりもあなたの小説を理解してるつもりです。細やかな表現の隅々まで、なぜそう書かれているかがわかります。本気で純文学に挑戦する気がおありなら、ぜひ私と組んでほしいんです」

ずいぶんはっきりと思いを露呈してしまった。しかし感情は偽れない。宗武は良くも悪くも小説を商品としか見ていなかった。文章表現を読み解けるどころか、興味さえ抱いていない。たしかにいまは商売優先でいいだろう。しかし『涙よ海になれ』級のヒットは、さすがに今後、容易には繰りかえせないはずだ。橋山が本当に書きたい純文学に挑む機会は、とっくに到来している。筆を執るなら宗武のもとでは駄目だ。一緒に歩んできた日々を思いだしてほしい、岡田はそう祈った。

けれども橋山は戸惑いをのぞかせるどころか、むしろさばさばした態度に転じた。ため息まじりに橋山が告げてきた。「岡田さん。あなたには感謝してます。担当していただいた日々も勉強になりました。でも私はもう次の段階に進んでいます。できればあなたにもそうしてほしい。誰か新人作家を育ててください。チャンスを得られず、もがくばかりの人たちが、いまも大勢いるはずです」

岡田は衝撃を受けた。愕然《がくぜん》とするあまり声もだせない。

橋山にはもう迷いがなかった。将来書きたいものを書く、そんな信念も固めていた。宗武は商業主義の権化だが、途方もない力量を持ったプロデューサーでもある。そんな敏腕編集者の宗武と、人気作家の飯星佑一こと橋山は、いまや良好な関係を築いていた。しかもふたりは大きな結果をだしている。岡田が入りこめる余地は皆無だった。

こみあげてくる感情は怒りだった。理不尽を自覚しつつも、我儘《わがまま》な憤りをぶつけたくなる。岡田は声を荒らげた。「横取りですよ、こんなのは。私が最初に橋山さんを鳳雛社に連れてきたんです。基本を作りだしたのも私です」

今度こそ橋山の顔に当惑のいろが浮かんだ。けれどもただ迷惑がっているようにも見える。橋山の困り果てたようなまなざしが宗武に向いた。

宗武は咳《せき》ばらいをした。「岡田。それをいうなら、俺を頼ったのはおまえだろう。おまえが飯星君を俺に紹介したんじゃないか」

「飯星佑一ではなく橋山さんを引き合わせたんです。橋山さんがそう望んだからです」

「俺が彼を担当するといったとき、おまえは賛成したじゃないか」

「賛成はしてません。黙っていただけです。家具シリーズを否定するお言葉には正直、腹も立ちました。でも橋山さんのためを思い、発言を控えてたんです」

橋山がじっと見つめてきた。「岡田さん。あのときおっしゃいましたよね。『私のせいで』と」

「……さあ」本当はおぼえている。だが岡田は言葉を濁した。「記憶にありませんが」

「忘れたんですか」橋山が語気を強めた。「ご自身の力が及ばなかったと、私の前では何度も口にしていたはずです。自分を省みて律することができる岡田さんを、私は人間的に素晴らしいと思ってきました。でもきょうの岡田さんはちがいます。冷静さを失ってるんです」

宗武が尻馬《しりうま》に乗っかるように付け加えた。「そうだぞ、岡田。まずは落ち着け、冷静になれ」

頭に血が上るのを岡田は実感した。両手をテーブルに叩《たた》きつけ、立ちあがりながら岡田は怒鳴った。「もういいです！　でも飯星佑一なんて作家は認めない。いまの路線での出版には断固として反対するし、強行するなら妨害します」

ふたりは驚愕《きょうがく》し、揃って目を瞠《みは》っていた。宗武が表情をこわばらせた。「おい岡田。自分がなにをいってるかわかってるのか。また警察を呼ばれたいのか！」

「呼びたきゃ呼べばいいでしょう。この会社はもう腐りきってます。純文学そのものを死滅させようとしてる。こうなった理由は宗武さん、あなたにあるんです。橋山さんも片棒を担いだも同然です。こんなの俺は断じて認めない！」

私でなく俺と言い放った。会社では初めてのことだった。橋山の茫然《ぼうぜん》とした表情をまのあたりにした。しかしそれも一瞬にすぎなかった。岡田は踵《きびす》をかえすや小部屋をでた。後ろ手にドアを叩きつける。

通路には大勢の社員が群れていた。聞き耳を立てていたのはあきらかだった。みな岡田を見て、あわてたように顔をそむけ、そらぞらしい態度をとる。岡田は苛立《いらだ》ちとともに通路を突き進んだ。

理性を欠いた行動なのはわかっている。思考より感情を優先させてしまった。それがけっして正しくないことも自覚できている。とはいえいまはみずからの怒りに逆らえない。飯星佑一などというエセ作家は潰《つぶ》す。あんなでっちあげの本を売れつづけさせてたまるか。

7

画面のスクロールがとまった。ワード文書ファイルの最後に到達した。李奈は唖然《あぜん》とせざるをえなかった。小説はここで終わっている。

李奈はきいた。「つづきは……?」

宗武が澄まし顔で応じた。「そのあとの執筆を、杉浦李奈さん、よろしくお願いしたい」

「はい?」李奈は呆気《あっけ》にとられた。「ちょっとなにをおっしゃってるのかわかりませんが」

「これはあなたの小説なんだ。『インタラプト』杉浦李奈著。鳳雛社刊」

「ちょ……。どういうことですか」

「もちろん第八章までも、この下書きのままにしていただかなくてもいい。あなた流の文章表現にいくらでも改めていただいてかまわない。ただ私どもとしては、あらかじめあるていどの方向性を定めておきたかったので……」

「まってください。下書き? わたしの小説なのに、前もって別の著者が下書きを手がけたんですか？」

「そうだよ」

「それってあの……。ずばりゴーストライター……」

「いいや、ちがう！」宗武は声高に否定した。「知っとるかね。歌手はレコーディングの前に、専業のボーカリストが歌ったデモテープをもらう。アイドルグループもプロダンサーの手本の動画をもとに、そのとおりに踊れるよう練習を重ねるんだ」

「でもこれは小説ですよ？　作家が下書きの提供を受けるなんてきいたことがありません」

「創作に固定されたやり方などないはずだ。うちは今回このやり方をとる。あらかじめ打ち合わせをして、プロットを作り、そのあらすじに沿って書いてもらうというのも、ある意味で事前に方向性を定めておく方法だ。これはもっと効率的に、版元の要請と著者の創造性が一致をみる、画期的な手段だよ」

「わたしの小説じゃないですよ」

「きみの小説だ！　ではきくが、名コックは食材となる牛や鳥や魚をイチから育て、調味料の原材料の実がなる木についても、種蒔《ま》きから始めるのか？　ちがうだろう」

「その論はズレてます。小説家への揶揄《やゆ》や当てこすりならこうです。『本を作るというが、育てた木を木材チップから漂白パルプにして製紙し、インクも樹脂と溶剤を混ぜるとこから始めるのか』と」

「ほう。よくそんなにすらすらとセリフを思いつくな。さすが小説家だ」

「コックも小説家も、創造の範囲はそれぞれ常識的に定義されています。文章を一文字目から書くからこそ、著作権を主張できるんです。ほかの人が書いたものをアレンジするだけでは、わたしの作品になりえません。レトルトを皿に盛りつけ、手料理と偽るのと同義です」

「きみは本当に聡明《そうめい》だ。ますます仕事がしたくなった。美人すぎる小説家として、初版分にはポートレートを封入しよう」

神経を逆撫《さかな》でされた不快感にとらわれる。李奈は身を退かせた。「やめてください」

「SNSにはどうせフェミニストやおっさんが、『小説家は小説で勝負するものだと思ってましたが』とか、やっかみ半分の嫌味を書いてくるが、気にするな。うちの法務部は強い。実名を特定して晒《さら》しものにしてやる」

「だからそういうのはやめてください！　この小説は書いた人のものです。わたしは下書きなんか要りません」

「そうはいっても、だいたいこの線で書いてもらわないと、うちでだしたい本にならないんだが。きみも鳳雛社での出版を望んでただろう？」

「本がだせればどんな内容でもいいなんて思ってません。だいいちこの小説は、いったい何なんですか。岡田さんに取材したわけでもないのに岡田さんの視点にするなんて」

「そこだよ」宗武は真顔になった。「これは杉浦李奈が、鳳雛社の岡田に取材して書いた小説なんだ。飯星佑一の元担当である岡田にな。というか最終的に、そういう触れこみで売る本だ」

「……取材してないのにですか？」

「これから取材するんだよ。あらためて頼みたい。私たちでは岡田にアプローチできない。関係が絶望的に悪化してるからな。だからきみが本を書くにあたり、彼に取材を申しこんで、小説として出版してくれ」

「なんでそうなるんですか。わたしはルポライターじゃないですよ」

「登場人物名は一括変換してかまわないといってるだろう？　あくまで現実を彷彿《ほうふつ》させる小説として出版してくれればいい。こんなことが本当にあったかもしれないと、世間に議論を巻き起こせれば御の字だ」

「なぜそれをわたしに……」

「きみはただの小説家じゃなく、本当に事件を解決するほどの才女だと、広く世間から認知されてる。太宰治《だざいおさむ》の幻の遺書をめぐる殺人事件について、主要週刊誌がいっせいにきみの手柄を報じた。いまきみの名で本をだせば、仮名を用いた小説であっても、きわめて現実的な内容だと受けとられる」

あー……。狙いが徐々にあきらかになってきた。李奈は軽蔑《けいべつ》とともにいった。「ずるいですね。岡田さんを貶《おとし》めるにあたり、マスコミにスキャンダルを売ったりすれば、鳳雛社自体がダメージを受けてしまう。実名を綴《つづ》ったノンフィクション本でも、名誉《めいよ》毀損《きそん》で逆に提訴されかねないので……」

「まあそうだ。小説家が発表した新作の巻末に〝この物語はフィクションです〟とあれば、いかなる訴えも退けられる。しかしそこいらの小説家では、ただの作り話として世間にスルーされちまって終わりだ。一方きみが書けば意味ありげに受けとられる」

李奈は首を横に振った。「わたしは純粋な創作としての小説を書きたいんです」

「岩崎翔吾事件の顚末《てんまつ》を書いた本で名を揚げたのにか？　あの本でうちは大打撃をこうむったよ。いや、きみを責めてるんじゃない。きみの賢さと文章力は高く評価してる。それを踏まえたうえでの依頼だと解釈してもらいたい」

　この宗武という編集者は、人たらしなところがある反面、本をださせてやるという高慢な態度を、どうあっても崩そうとしない。第三者の立場なら笑い話になるだろうが、当事者となるとさっぱり笑えない。

　李奈はまとめにかかった。「わたし名義の新作小説が鳳雛社から出版。帯には『ナミウミ』の内情暴露！　とかそんな煽《あお》り文句。飯星佑一の元担当編集に取材し、本人の視点で綴られる物語だと読者は受けとる。飯星佑一に迷惑をかける元担当なんて絶対に許せないとファンは非難囂々《ごうごう》……って状況を願ってるんですよね？」

「あえて肯定も否定もしない。きみにはさっき説明したとおりの本を書いてほしい」

　この下書きと称する未完成の小説が、なぜ岡田の視点で書かれていたか、その理由があきらかになった。岡田にインタビューしたうえで執筆された物語という体裁にするためだ。話題になれば岡田を社会的に葬り去れる。それが宗武の狙いだった。

　岡田を貶める目的の本であっても、彼を単なる悪人として書かない理由は、リアリティをだすためだろう。インタビューを受けた岡田の口述がもとになっているのなら、自分を悪くいうはずがない。著者である李奈も、岡田に同情を寄せるスタンスなのだろうと、読者は解釈する。岡田の闇落ちもやむなしというのが、李奈の主張だと受けとられるにちがいない。たしかに人間味のある犯人のほうが現実感がでる。

とはいえ李奈の手により、岡田のほうが正しいという主張が過剰に織りこまれてはまずい。それを防ぐため、宗武は自分の意図どおりの下書きを用意した。多少手を加えるだけで自分の本がだせる、李奈がそう喜ぶと、宗武が本気で思っていたふしもある。

むろん李奈は少しも嬉《うれ》しくなかった。「この下書きとやらは、なぜ途中までなんですか」

宗武が答えた。「それ以降は岡田と会っていない。だから動向がわからない。そこからはきみの取材が頼りだ。小説なんだから物語にはちゃんとオチをつけてほしい。つまり岡田の悪事の証拠を暴くところまで頼む」

「あ、悪事の証拠……?」

「会社に来なくなった岡田は、もう嫌がらせを繰りかえすだけのトラブルメーカーと化してしまった。きいた話だけでも、書店員に飯星佑一の本の回収がきまったと吹きこんだり、駅構内に貼ってある『涙よ海になれ』のポスターを破いたり」

「……それらが本当だとしたら、会社をクビにならないんですか」

「防犯カメラの録画映像から目撃者撮影のスマホ動画まで、物証はちゃんとある。だがそれらだけでは、岡田が酔っ払ってて記憶にないと主張すれば、たいしたお咎《とが》めもなく終わってしまうそうでな。私や飯星に執拗《しつよう》に嫌がらせを働いているという、一貫した動機を立証する根拠がほしい」

「相応の償いをさせるってことですか」

「ぐずぐずしてると『週刊文春』あたりが、鳳雛社の内紛としてすっぱ抜いちまう。前担当編集との泥仕合のように報じられるのは迷惑だ。だからこの小説の出版により、初めて世間が騒動を知る流れにしたい」

「なるほど。騒動が明るみにでる時点で、宗武さんの意に沿うような解釈が世間にひろがるよう、あらかじめ定義づけておきたいわけですね」

宗武はいろめき立った。「わかってくれたかね！」

「お断りします」

「なんだねおい。わからん子だな。飯星佑一絡みの騒動を綴ったスキャンダル本なんだから、だせば売れるよ。杉浦李奈の鳳雛社での華々しいデビューになる。そのうち好きなものを書いて出版できるかもしれん。約束はできんが」

「わたしの小説なら、書いてある一語一句に、著者として責任を持たなきゃいけません。でも下書きの内容が真実だという確証はどこにもないんです」

「杉浦さん」宗武は急にシャキッとした。「私はきみを侮ってなどいない。きみは第八章のつづきから取材するんじゃなく、それまでの部分もすべて裏付けをとろうとするだろう。ぜひやってくれといいたい。岡田本人と関係者、近所の人にまで詳細に話をきいてくれ。いかに事実に忠実な小説かわかるはずだ」

「わたしのイチからの取材に期待していただけるなら、下書きなんか無用でしょう」

「だから方向性を定めてあるといってるだろう。きみが取材してくれるのはありがたいが、脱線されては困るんだよ。この本の出版意図を見失わないでくれ。そこさえ踏まえたうえでなら、特に第九章以降、どのように書いてもかまわない」

岩崎翔吾事件に始まり、立てつづけに八つほど、李奈は出版絡みの事件に巻きこまれた。そのなかでふたつ得られたものがある。ひとつは心が強くなった。もうひとつは、人を見る目がそれなりに培われた。

いま向き合っている宗武なる人物は、いわば尊大なショーマンで、自己肯定感の塊といえる。みずからのおこないを絶対に正しいと信じ、反省の念などかけらも持たない。出版事業に関しても根本的に勘ちがいしている。しかもその勘ちがいが多大な利益を生んでいるのだから始末が悪い。

ただし宗武が嘘をついているようには思えない。本心を偽る目には見えないし、演技の臭みも感じられない。暴露本っぽい小説で岡田を貶めようとする手段は、どうしようもなく汚いが、一連のできごとはたしかに事実なのだろう。岡田がそこまでないがしろにされたのなら、自暴自棄になるのもわからないではない。

とはいえまだ半信半疑なところがあった。ここに書かれたトラブルが実際にあったにしても、なにか誤解が介在してはいないだろうか。李奈は慎重にいった。「宗武さん。ご依頼をお受けする気にはなれませんが、本当に岡田さんが嫌がらせをしているのなら、その背景はちゃんと調べたほうが……」

ふいに大きな物音がした。運転席のドアを叩《たた》きつける音だった。開放された車体側面のスライドドアの外、降り立ったドライバーが後方へと駆けていくのが見える。ドライバーの怒鳴り声が夜の駅前に反響した。「こら！　なにやってんだ！」

李奈はびくっとした。宗武も驚きに目を瞠《みは》っている。ソファから立ちあがった宗武が、あわてぎみにステップを下り、車外にでていった。李奈も急ぎ宗武を追った。

ワンボックスカーの真後ろで、ドライバーがあたふたとしていた。リアバンパーのあたりを見下ろしては、駅改札のほうに目を向けたりして、なんともせわしない。

宗武がきいた。「どうしたんだ」

ドライバーが血相を変え、後輪のタイヤを指さした。「見てください！　あいつがやったんですよ。いま改札へ走っていく奴が」

タイヤはみるみるうちに空気が抜け、ぺしゃんこになろうとしている。千枚通しで穴を開けたにしても、一か所や二か所ではなく、たぶん滅多刺しにしたにちがいない。そんな大胆な行為に及んでいれば、サイドミラーを通じドライバーの目にとまって当然だった。

李奈は阿佐ケ谷駅北口に向き直った。思わず息を呑《の》み立ちすくんだ。黒の長袖《ながそで》シャツに黒ズボンの男が、逃げるように改札に駆けこんでいく。興奮しきった顔が、一瞬こちらを振りかえった。まぎれもなく『十六夜月』のときの担当編集者。鳳雛社の岡田眞博だった。

「畜生！」宗武は両手で頭を掻《か》きむしり地団駄を踏んだ。「また尾《つ》けてきやがったのか。なんてしつこい奴だ！」

茶番ではない。李奈の目の前で三文芝居が繰りひろげられているわけではない、そう確信した。宗武は本気で狼狽《ろうばい》しつつ激怒している。改札に消えた岡田も、まぎれもなく切羽詰まり、必死に逃げおおせようとしていた。ドライバーの愁いに至るまで、ここにある感情に嘘偽りはありえない。

小説『インタラプト』。書かれていたことはすべて真実だったのか……？

8

李奈は宗武の依頼を受ける気などなかった。とはいえ岡田の行為がエスカレートする前に、なんとかしたいとの思いはあった。しかし岡田にアプローチしようにも、宗武や飯星佑一ほか、関係者の話をきかねば居場所の推定もできない。そのためには取材というかたちをとらざるをえなくなる。

そこで李奈は宗武に条件を突きつけた。宗武の依頼どおり『インタラプト』なる本を書くかどうか、あるていど取材を進めてからきめる。他人の手による下書きはいっさい使うつもりはないが、もし下書きに嘘が交じっていたり、宗武の主張に一部でも虚偽があったりした場合には、即座にすべてを打ち切る。そうでなくとも、仮に李奈が取材に基づいた本を書く場合には、実名いりノンフィクションにするのか仮名のフィクションにするのかも含め、すべてまかせてもらう。すなわち宗武の意向に沿う執筆はできない。ただし取材で得られた情報を正確に記述し、恣意的《しいてき》な表現はいっさい用いないと約束する。以上でよいのであれば、とりあえず取材から始めることにする。

宗武は渋い顔になり、本当に下書きは要らないのかね、下書きを参考に取材したほうがいいよと食い下がってきたものの、最終的に李奈の提案を受けいれた。本が出版されるか否かにかかわらず、なんと取材費まで提供してくれるといった。李奈に対する厚意や親切心というより、ただひたすら岡田の尻尾《しっぽ》をつかみたくてうずうずしている、そんな心境のなせるわざにちがいなかった。

下書きをもとに執筆はしないと誓ったものの、取材は下書きの内容の真偽を問うところから始めねばならない。岡田は高円寺のワンルームマンションに帰らず、愛媛県にある実家にも戻っていないようだった。まずは鳳雛社の社員からあたることにした。

文芸第一部の阿部美幸と石倉佳子は、なんと李奈の友達のベストセラー作家、櫻木《さくらぎ》沙友理《さゆり》の知り合いだとわかった。ふたりは絶対に信用できると沙友理が太鼓判を押した。そんな彼女たちに始まり、下書きに登場する編集者に片っ端から事情をきいた。齋木章裕編集長、佐藤義仁、矢部忠嗣、廣上克洋。

なんとも深刻なことに、下書きの記述内容は事実だと、全員が認めてしまった。誤りと思われる箇所はただの一行もないという。文芸第一部の部内会議は、何年も前から録音が残してあり、それらすべてを聴くことが可能だった。下書き自体が社員らの証言のみならず、録音に基づき発言が一語一句、正確に書かれているともわかった。岡田の不機嫌ぶりや、周りに対する挑発的な態度、橋山将太の担当に再度なるべきと勧められたことなど、なにもかも真実と裏付けられた。飯星佑一の再校ゲラ盗難についても複数の目撃証言がでた。

　李奈は経験上、社内の一部署のみの取材では、簡単に結論をだす気になれなかった。なにしろ過去には、その場にいた複数の人間がみな口裏を合わせていたという、アガサ・クリスティばりの状況さえあったからだ。しかも文芸第一部には、宗武がナンバーツーの上司として君臨している。全員に箝口令《かんこうれい》を敷いたり、嘘を強要したりしないともかぎらない。

　そこで鳳雛社の製作部、営業販売部、校閲部、デザイン部、広告部、電子出版事業部の社員にも、ほぼ抜き打ちで話をきいた。出入りするライターや取引業者、編集部内の空調のメンテ会社にまで連絡した。

　なにも知らない人間もむろん多かったが、ひとことふたこと会話を小耳に挟んだり、社員から噂をきいたりしたケースはかなり集まった。それらのすべてが下書きの内容と矛盾しなかった。『涙よ海になれ』の大ヒットをきっかけに、岡田の不満は少しずつ鬱積《うっせき》していき、やがて不快な気分を隠そうとしなくなった。最初のころは同僚に悩みを相談することもあったが、やがて部内会議で嫌味を口にするようになり、周りの全員を敵にまわすまでになった。

印刷所の社員からは、再校ゲラ盗難の顚末《てんまつ》が語られた。神田《かんだ》署から私服警察官が来て、岡田による社内からのゲラ持ち去り、および勝手な手直しと入稿が確認されたという。念のため神田署の担当者名をきき、そちらにもたしかめたが、一連の騒動は真実だった。鳳雛社が被害届をださなかったため事件にはならず、岡田への厳重注意だけで済まされたようだ。

鳳雛社の社長や役員らにも会った。岡田をクビにしない理由は、中途採用で入社以来ずっと真面目で献身的に働いており、実際に部署内のミスを何度もカバーした経緯があったからだという。特にほかの編集者の誤発注にいち早く気づき、大きな損害を未然に防ぎえたことは、社長からの直接の評価につながった。

社内上層部の多くが、岡田に対しそれなりに同情的だった。『涙よ海になれ』の爆発的な売れ行きは度を越していて、経緯を考えれば岡田が受けたショックはやむをえず、しばらく温情を持って見守ろうという、役員らの合意があったらしい。ほかの社員たちも、騒動以前の岡田の仕事ぶりは尊敬に値するとし、解雇までの処分には至らないだろうと予想していたようだ。

飯星佑一こと橋山、宗武、岡田の三者会談も、かなり前から動向を見守っていた社員らが多かった。みな話し合いの行方を気にして、会議がおこなわれた小部屋のすぐ外で待機していたが、激昂《げきこう》する岡田の声に誰もが絶望的な心境に陥ったという。同僚たちが立ち聞きしただけでなく、この話し合いも録音が残っていて、小説下書きの記述と詳細に一致していた。

なお茶番の疑いはまったくないと誰もが口を揃えた。宗武と三十年来のつきあいという営業部長もそう断言した。とりわけ話し合いが決裂したあとの、宗武のうろたえぶりは録音を通してもリアルに伝わってきて、ひどく気の毒に思えるほどだった。とはいえ誰が悪いかは微妙な問題といえた。やはり三人が協議し解決するしかないのが道理だが、役員らには結局、宗武と飯星佑一組の肩を持つ発言がめだった。ドル箱となった飯星佑一の小説が、今後も続々と刊行予定とあっては、そちらを重視するのは当然かもしれなかった。

岡田についての処遇は徐々に厳しさを増していた。いまでも社員として扱っていること自体、社長の情けによるものでしかない。しかし過剰な温情は社員全般にとって不公平となる。このまま岡田の無断欠勤がつづけば、近いうち懲戒解雇の処分が下るだろうとされた。

李奈は岡田が住むワンルームマンションも訪ねた。岡田はずっと留守にしている。宗武がいったとおり、管理会社が防犯カメラ映像を観せてくれた。部屋とエントランスの出入りしか確認できないが、岡田が日に日に荒れていくようすはあきらかだった。岡田が毎日のように酒を購入したコンビニの店員や、いり浸った居酒屋の従業員からの証言も得られた。岡田は果てしなく落ちこんでいき、泥酔状態がつづくようになり、やがて自暴自棄に至った。すべて下書きにまとめられたとおりだった。

けれども周りの話をいかにきこうとも、最も重要なのは本人の発言だった。なにしろ下書きは、岡田の内面を勝手に憶測し綴《つづ》っている。行方をくらました岡田にインタビューできないうちは、それらの記述の真偽について結論を下せるはずもない。李奈が取材をもとに本を書くにしても、岡田へのインタビューが絶対条件であることは、宗武も認めていた。

岡田の居場所が特定できない。社長は岡田の実家に相談し、行方不明者届をだすことも考えているらしいが、週刊誌に嗅《か》ぎつけられる事態を憂慮する向きもあり、社内で意思統一が図れていないようだ。岡田が契約する携帯キャリアや、クレジットカード会社への相談も、同じ理由で控えたままだという。いずれも岡田を懲戒解雇するまでに、会社として判断を迫られるにちがいない。

李奈は先に飯星佑一こと橋山将太に話をきくことにした。飯星はあきる野市で宗武家の近所に住んでいる。

土曜の晴れた朝、李奈は武蔵五日市《むさしいつかいち》駅の南口をでた。駅舎はわりと大きく、外観も小洒落《こじゃれ》ていたが、いかにも旅先という自然豊かな環境に囲まれている。ハイキング客ばかりを見かけるロータリーで、李奈は宗武の運転する大型SUVに迎えられた。トヨタのランドクルーザーだった。ポロシャツ姿でサングラスをかけた宗武が運転席におさまっている。李奈は助手席に乗りこむにあたり、なんとなくためらいをおぼえた。傍目《はため》に妙な関係に見えないだろうか。

宗武はいっこうに気にしたようすもなく、李奈が乗ったクルマを急発進させた。クリープ現象で進みだすなどかったるいとばかりに、いきなりアクセルペダルを踏みこむ。

澄んだ田舎の空がウィンドウの外にあった。夏場よりは脆《もろ》さを感じる陽光が、乾いた空気に透き通っている。駅からさほど遠くないのに田んぼばかりがひろがる。黄いろく実る無数の稲穂が微風に波打つ。周りには低い山々が連なる。タンポポの綿毛が飛ぶように、トンボの群れがそこかしこを舞っていた。

李奈は運転席の宗武にささやきかけた。「静か……」

静かですねといおうとした。ところがだしぬけに甲高い女性の声が、拡声器を通じ大音量で響いてきた。「松原《まつばら》ゆきひと！　子ども読書活動推進計画のさらなる充実に奔走する、松原ゆきひとをよろしくお願いします！」

選挙カーとすれちがった。ほとんど畦道《あぜみち》といえそうな、田んぼのなかに延びる車道には、ほかに通行するクルマも見あたらない。ウグイス嬢の声は録音らしい。徐々に遠ざかりながらも、まだなにを喋《しゃべ》っているかははっきりときこえる。松原ゆきひとは子どもと読書について深く考えてまいります。乳幼児期からの読書習慣の形成。読書への関心を高める活動の推進。読書活動が困難な子どものため、学校図書館の読書環境整備など……。

ようやく音声がフェードアウトしていった。李奈はきいた。「図書館がないんですか？」

「いや」宗武がステアリングを切りながら応じた。「中央図書館と東部図書館エルはかなりでかい。五日市図書館はそれなりだが、ほかの自治体にくらべて少ないわけじゃない」

「でも市議選の争点になってるんでしょうか」

「争点なんて大げさなもんじゃないよ。よく子供は外にでて自然のなかで遊べというけど、ここじゃほっといてもそうなる。と同時に本は読まない。田舎にありがちな問題でね」

「本屋さんは……？」

「しまむらやニトリが入ってる東急ストアに文教堂。幹線道路沿いにブックオフ。どっちも漫画だらけだ」宗武は不満げにこぼした。「うちのミリオンセラーも数か月経つと、ブックオフのワゴンで叩《たた》き売られてる」

「あー。流行《はや》ったぶん、たくさんでまわってるでしょうから、仕方ないですよね」

「おかげで順風がぱたりと途絶える。百円なんかで流通させやがって、いい迷惑だよ。図書館もそうだろ。なんでタダで読ませる？　六十人待ちって、いい加減に買ったらどうなんだ」

「それだけ読みたい人が多くいるなんてうらやましいです」

「きみは図書館の賛成派なのか？　作家としちゃ身を滅ぼすぞ」

「そうは思いません」

宗武が李奈を一瞥《いちべつ》した。「なぜだね」

「読書は映画鑑賞とちがって、あるていど訓練が求められる趣味ですし、まずは慣れ親しむ機会が必要です。定期的に本を読まなきゃ、だんだん読み始めるのがおっくうになり、実際に読解力が低下します。だから無料で手軽に本に接することができる仕組みは、結果的に出版界を支えてると思います」

「ほう。きみがいうと説得力があるな。さっきの選挙カーの御仁にきかせたら、さぞ感激するだろう」

「宗武さんも図書館を利用したことはあるでしょう」

「郷土史や専門書をあたるにはいいけどな。流行りの本をさっそく仕入れるのはやめてもらいたい。数冊買われて何百人にもまわし読みされるなんて冗談じゃない」

流行を商売の要《かなめ》とする宗武らしい考え方だと李奈は思った。「評判がよければ口コミがひろがって、図書館でまちきれなくて買う人もでてくるでしょう」

「そういうライト層はブックオフへ走るんだよ。うちには一円も入ってこない。ったく売れるものに群がるハイエナどもめ」

「『涙よ海になれ』がもうすぐダブルミリオンなのに、充分じゃないんですか?」

「ハイエナがいっさいいなければ五百万部にはなってた。もっと頭に来るのは、中古本で買ったくせに難癖をつけてくる奴らだ。難病で命が助からないと決めつけるような書き方は悪だとかいってくる。こっちはちゃんと医者の萩原先生の監修を受けてるんだ」

萩原昭輔医師は宗武家の近所に住んでいるときいた。この辺りに自宅があるのだろうか。とりあえず無難な言葉を李奈は口にした。「お医者さんが自分で書くのとちがって、情報提供を受けて作家が書く場合には、いろいろ齟齬《そご》もでてくるでしょう」

「医者兼作家なら信用できるって?」宗武は鼻を鳴らした。「批判者たちにいわせれば、鳳雛社の純文学は人を殺しすぎだそうだ。なら医者と同じってことだ。医者を兼ねなくても、うちの作家は医者と同等の存在だ」

ブラックジョークかもしれないが毒が強すぎる。李奈はうんざりぎみにいった。

「人によって悪書と感じる本はさまざまです。嫌われる場合もありますよ」

「悪書? そんなものはない。本の影響なんて微々たるものだ。でなきゃなぜ『完全自殺マニュアル』が図書館やブックオフにある? 読者がみんな内容に感化されるなら、図書館にあの本は返ってこないし、中古としてでまわることもない」

李奈は思わず苦笑した。「面白いお考えですけど……」

「そうだろう! 私は面白い。きみも私と一緒に働いたほうが、作家業が楽しくなる」

黙ったほうが利口のようだ。李奈は目的地まで無言を貫くことにした。あきれるほどの鋼のメンタルにはついていけない。

いつしかクルマは山道を登っていた。切り立った崖《がけ》沿いに蛇行する上り坂で、眼下の谷間には川が流れている。川幅はかなりあるうえ、流れも急だった。道沿いをガードレールが縁取るものの、帰りの下りでスピードがですぎた場合、転落の危険も否定できない。李奈が緊張に身を固くしたとき、行く手の視界が開けた。

「さあ」宗武が前方に顎《あご》をしゃくった。「うちに着いたぞ」

雑木林がめだつ山腹には、ぽつぽつと家が建つ。宗武はクルマを脇道へ乗りいれた。二階建ての古民家が見える。敷地はかなり広く、そこだけ平地になっていた。物置やガレージのほか、ビニールハウスの畑を含んでも、ほかにクルマを停められる場所が充分にある。門柱には表札が架かっている。宗武と刻んであった。

クルマが駐車後、李奈はドアを開け、車外に降り立った。ひと息吸っただけで空気が綺麗《きれい》だと感じる。近くで見るとずいぶん大きな古民家だった。

宗武が玄関の引き戸へと向かった。「かなり歳月を経た家だが、味わい深くてね。買って改装したから不便はないよ」

「新築はお考えにならなかったんですか」

「中古のほうが安……」宗武が言葉に詰まったように李奈を見た。

李奈は微笑してみせた。宗武は気まずそうな顔をしたものの、ばつが悪そうに口もとを歪《ゆが》めた。ふたりで引き戸の前に立った。わきに自転車が停めてある。

宗武が引き戸を開けた。古民家に特有の、靴脱ぎ場から段差のある上がり框《がまち》、その奥の廊下にひとりの女性が駆けだしてきた。年齢は四十代ぐらい、痩身《そうしん》をロング丈のシャツワンピースに包んでいる。宗武が妻の志津恵《しづえ》だと紹介してきた。杉浦李奈の名も志津恵に伝えられた。李奈は深々と頭をさげ挨拶《あいさつ》した。

「ああ」志津恵が微笑した。「『マチベの試金石』や『トウモロコシの粒は偶数』の……」

小説家にとって認知されているとわかった瞬間は、天にも昇る気持ちにほかならない。李奈は思わず声を弾ませた。「そうです！　ご存じですか」

志津恵はどこか申しわけなさそうに、ぎこちない笑みで応じた。「このあいだ夫がブックオフで買ってきたので、表紙だけ拝見しまして……」

宗武が顔をしかめ、李奈に言いわけがましく告げてきた。「妻は出版界に疎くてね。失礼を許してもらいたい」

それをいうなら李奈の本をブックオフで買った宗武のほうが失礼だろう。家に招くことになったがゆえ、あわてて入手したとしか思えない。李奈は宗武にちくりと嫌味を口にした。「お読みいただけましたか」

「いや、まあ、ざっとね」宗武が靴を脱いだ。「きみの本は上品でおとなしい。もっと波瀾万丈《はらんばんじょう》のほうが売れるよ。それに語彙《ごい》があまり豊富じゃないな。単純な表現が多い」

　李奈は宗武に倣い廊下にあがった。「読者へのわかりやすさを優先しながら、できるだけバリエーション豊かに、言葉を多めに用いているつもりですが……」

「そうか?」宗武は廊下を歩きだした。「きみが小説に書いたあらゆる言葉は、ぜんぶ私の持ってる一冊の本に含まれてるよ」

　軽く面食らわせたがっているのだろうが、オチは読めていた。李奈はいった。「国語辞典ですよね」

　歩調を合わせる志津恵が、悪戯《いたずら》っぽい笑顔で振りかえった。「うちの人、作家のお客さんには、みんなこれをいうの。意地悪よね。オチを見破ったのはあなたが初めて」

「こら」宗武は弱ったようすで妻にささやいた。「杉浦さんが賢いのは知ってた。いつもの引っかけとはちがう」

　志津恵が小馬鹿にしたように笑うのを見て、わりと仲のいい夫婦かもしれない、李奈はそう推測した。

　そう思っていると廊下の行く手に、十代とおぼしき少女が現れた。ウィゴーのブラウスに膝丈《ひざたけ》スカート、白の靴下。顔は父母の特徴が半々に混ざっている。少女は人見知りっぽい及び腰で、軽く会釈をした。

宗武がいった。「鞠乃《まりの》は高二になる。先にいっておくが、本はあまり読まない」

鞠乃は表情を硬くした。「そうでもないってば。初めまして、杉浦李奈先生ですよね。『雨宮の優雅で怠惰な生活』二巻まで読みました。つづきを楽しみにしてます」

「どうも……」李奈はおじぎをかえした。

「美佐《みさ》が和也《かずなり》とくっついたのは引っぱりにすぎなくて、次の巻で早々に璋《あきら》とヨリを戻しますよね？」

李奈は絶句した。思い描いていたプロットのとおりだったからだ。思わず正直に答えてしまった。「は、はい……」

宗武は醒《さ》めた口調でつぶやいた。「どうせ杉浦李奈という著者名を検索して、誰かのレビューを拝借しただけだろ」

鞠乃は仏頂面を宗武に向けた。「前から知ってたし、ちゃんと文庫を読んだ。お父さんみたいなインチキ商売とはちがう」

父親の眉間《みけん》に皺《しわ》が寄る。母親は咎《とが》めるように、鞠乃、そう呼びかけた。当の鞠乃はぷいと顔をそむけ、わきの障子を開けると、なかに消えていった。障子は隙間なく閉じられた。

両親が戸惑いがちな態度をしめした。宗武はまた歩きだしつつ、李奈に小声で告げてきた。「第一次反抗期は一歳半から三歳、第二次反抗期は十一歳から十七歳だそうだな。鞠乃は年齢的に第二次の最後だ。でも最近の研究じゃ、五歳から十歳も中間反抗期だって？　子供からずっと嫌われっぱなしが親の運命なのか」

なんと答えようか迷う。李奈も両親との関係は、最近になっていくらか改善したとはいえ、ここと似たようなものだった。控えめに李奈は応じた。「二十三、四になれば変わりますよ」

「きみぐらいの歳か？　そりゃそのころには分別がついてもらわなきゃ困る。まともに就職もしてほしいしな。鳳雛社にいれるわけにはいかんし」

「そうなんですか？」

「ただでさえ私の仕事に批判的だからだ。さっき鞠乃もいってたろう。インチキ商売とみなしてる」

すかさず志津恵がいった。「わたしもですよ」

宗武の苦い顔に李奈は吹きだした。一家三人、毒は多めでも、これでバランスがとれているようだ。

廊下をいちばん奥の襖《ふすま》の前まで進んだ。宗武は気を取り直したように、威厳の籠《こ》もった発声で、飯星君と呼びかけた。けさは飯星佑一を先に招いてある、李奈にも事前にそう伝えられていた。

ところが襖越しになんの返事もなかった。しんと静まりかえっている。宗武が怪訝《けげん》そうに繰りかえした。「飯星君？」

志津恵がそろそろと襖を開けた。床の間のある接客用の和室だった。大きめの座卓の周りに、四つの座布団が敷いてある。うちひとつに座っていただろう男性が、畳の上で横たわっている。丸首シャツにカーキいろのジャケットを羽織っていた。やつれきった顔が力尽きたように目を閉じ、ぐったりと脱力しきっている。

李奈は衝撃を受けた。テレビで観たことのある飯星佑一だとわかる。いまやぴくりとも動かない。

「い」宗武が驚きをあらわに駆け寄った。「飯星君！」

だがほどなくいびきがきこえてきた。ひときわ甲高い音のいびきが鼻にかかると、それで睡眠から覚醒《かくせい》に向かったのか、飯星の目がぼんやりと開いた。いかにも眠たげな顔で飯星が上半身を起こした。「ああ、宗武さん。すみません。寝てしまったみたいで」

宗武がやれやれという表情になった。「なんだ。びっくりしたぞ。飯星君、こちらは新人作家の杉浦李奈さん」

飯星の虚《うつ》ろな目が李奈に向いた。李奈が頭をさげると、飯星は居住まいを正そうとした。ところが身体がついてこないのか、動作がやけに鈍重で、正座しようにも腰があがらないようだ。表情もどこかぼうっとしたままだった。まるでおじいちゃんのようだと李奈は思ったが、どうやら疲弊しきっているらしい。

じれったそうに宗武が苦言を呈した。「なんだね、飯星君。だらしない」

「いえ、あの」飯星は充血した目をしょぼしょぼさせた。「ゆうべあまり寝てなくて……。無言電話がずっとつづいてたので」

「なんだと？　夜のあいだじゅうずっとか？」

「はい……」飯星が力なくポケットからスマホをとりだした。顔認証でロックを解除したのち、画面を宗武に向けた。「こんなありさまでして」

李奈も画面をのぞきこんだ。電話の着信履歴が表示されている。非通知の着信が数分から十数分ごとに、ずっと連なっていた。宗武が表示をスクロールさせる。たしかにきのうの夕方からひっきりなしにかかってきていた。最新の着信は午前十時十四分。わずか七分前だった。

宗武が唸《うな》った。「向こうはなにも喋《しゃべ》らないのか？」

「喋りません」飯星の返答は喉《のど》に絡んでいた。「こっちが電話にでてから、なにを呼びかけようとも黙ってるし、しばらくすると電話が切れるし」

着信拒否にしない理由はきくだけ野暮だ。岡田からの電話の可能性があるため、飯星もいちいち律儀に応答しているのだろう。宗武も無言電話の件は初耳ではなさそうだが、さすがにひと晩じゅうかかってくるとは考えていなかったようだ。

するといきなりスマホが鳴りだした。宗武が表情をこわばらせた。飯星の憔悴《しょうすい》しきった顔にも緊張のいろが浮かぶ。画面には非通知と表示されている。

宗武は通話ボタンを押し、さらにスピーカーをオンにした。サーッというノイズだけがきこえてくる。先方はなにも喋りださない。

やがて宗武がきいた。「岡田か？　おい。岡田なら返事をしろ。いまどこにいる」

だが無言だけがかえってくる。スピーカーから響くのは微音のノイズだけだった。いや。ノイズがつづくなかに、かすかに別の声が交じっている。女性の声だ。子ども読書活動推進計画のさらなる充実に奔走する、松原ゆきひとをよろしくお願い……。

通話が切れた。ビジー音が数回、その後はなにもきこえなくなった。画面もホームに戻った。

予期せぬ声が届いてしまったため、先方があわてて電話を切ったようでもある。李奈の胸中は激しく波立った。「さっきのウグイス嬢の声です。もしいまのが岡田さんなら……」

宗武が緊迫の面持ちで見かえした。「近くにいるわけか」

張り詰めた空気が室内に漂う。飯星の顔もみるみるうちにこわばりだした。「まずい。部屋に書きかけの原稿が……」

この近辺ではすでになにか、李奈の知らないできごとが進んでいるらしい。焦燥に駆られた宗武が身を翻した。「飯星君、きみのアパートへ行くぞ。杉浦さん、一緒に来てくれ」

飯星はよろめきながらも立ちあがった。一刻の猶予もならないと目のいろを変え、飯星が廊下に走りでる。宗武とともにあわただしく玄関へ駆けていく。志津恵が啞然《あぜん》としながら見送っている。李奈は留《とど》まるわけにいかない。ただちにふたりを追いかけた。

胸騒ぎがした。無言電話をかけているのが岡田なら、もうあきる野市に来ている。抗議のためならまだいいのだが、それならひとことも発しないはずがない。復讐《ふくしゅう》でも果たそうというのだろうか。まさか暴挙に及ぶつもりでは。

9

飯星は自転車で宗武家に来ているとわかった。いま自転車はひとまず置きっぱなしにし、宗武の運転するSUVの後部座席で、飯星がひとりそわそわとしている。李奈はさっきと同じく助手席に乗っていた。

山道をさらに登っていく。雑木林がさかんに視界を遮るため、道路沿いの見通しは良好とはいいがたい。近所の建物との位置関係も一目瞭然《いちもくりょうぜん》とはいかなかった。緩やかにカーブする道路の行く手、木々の向こうに二階建てアパートが現れた。SUVはその前にある砂利の一帯に滑りこんでいった。

二階建てアパートといっても瀟洒《しょうしゃ》な外観で、しかもかなり大きかった。郵便受けの数からすると、上下に五部屋ずつのようだが、ひと部屋あたり家族が住むのに充分な面積が割り当てられている。それぞれの間取りは3LDKぐらいだろうか。マンションのようなオートロックのエントランスはなく、門扉のない出入口と外階段が見えている。

この砂利地帯はいちおう住民の駐車場らしい。しかし白線が引かれていないうえ、土地も有り余っているせいか、宗武は無造作にSUVを停めた。ただちに降車した宗武がアパートへと駆けていく。飯星も同様だった。ふたりともドアを開けっぱなしにしている。李奈は最後に車外にでた。

宗武と飯星が一階の外通路を走る。外壁に等間隔に並ぶドアのひとつ、104号室の前に立った。李奈はすぐに追いついた。

ところがドアのわきにはもうひとり、別の男性が立っていた。岡田ではない。きちんとしたスーツに身を包んだ、ぎょろりと剝《む》いた目に口髭《くちひげ》の五十前後だった。

「おお、飯星佑一先生」口髭の男が微笑した。「お留守かと思ったら」

だが飯星が反応するより早く、宗武が険しい顔で前にでた。「誰かと思ったら霹靂《へきれき》出版の艘崎《そうざき》編集長か。よくもこんなところまでぬけぬけと」

艘崎と呼ばれた男性が、またぎょろ目になった。「宗武副編か。あいかわらず才能ある先生の腰巾着《こしぎんちゃく》になって、ひと儲《もう》けを狙っとるのか。ヒモみたいな貧しい男が」

「あいにく飯星佑一は私が育てた作家でな。ほかで書く予定もない」

「育てたのは部下の岡田眞博君だろう」

宗武の顔に驚きのいろが浮かんだ。「なぜそんな話になる?」

「私は岡田君と日本文藝家協会の懇親会で名刺交換していてな。ゆうべ岡田君のほうからメールがあった。飯星佑一先生がこちらにお住まいだと」

「岡田が情報を漏らした……？　いまあいつはどこに？」

「知らんよ。きみの会社の人間だろう。私はメールをもらっただけだ」艘崎はまた飯星に向き直った。「どうかうちで一作書いてもらえませんか。つい先日、うちではフランシー信吾《しんご》という新人作家の本が大ベストセラーになりましてな……」

「フランシー信吾！」宗武が嘲《あざけ》るような声を発した。「あんな奴の小説、たとえ無類の本好きだろうと、傾いた冷蔵庫の下に敷くだけだ。霹靂出版にはろくな作家がいやしない。社員もご同様だ。飛ぶ鳥を落とす勢いの飯星佑一に相手にされるとでも思ったか」

　すると飯星が戸惑い顔で宗武にささやいた。「せっかくおいでくださったんだし、挨拶《あいさつ》を交わすぐらいなら……」

「駄目だ！」宗武は飯星を一喝した。「鳳雛社が霹靂出版と競っていた時代もあったが、とっくに勝負はついた。うちが圧倒的に引き離してる。霹靂出版の社員どもに特有の、出版不況菌とでも呼ぶべき負のオーラを受け、飯星の文才が腐ったのでは大損害だ」

　艘崎のぎょろ目が憤怒に見開かれた。「いわせておけば」

「こんなところまでご苦労だったな、七流出版社。さっさと文京区《ぶんきょう》音羽《おとわ》の雑居ビルへ帰れ。ふたつの大企業に挟まれた、細い細い雑居ビルに」

どうやらふたりは過去に因縁があるようだった。年齢的には同世代のようだし、ぶしつけな物言いにも、長いつきあいを感じさせる。ただしふたりの声量はあまりに大きい。アパートのほかの部屋の住民にとって、迷惑になること必至だった。李奈はおずおずと話しかけた。「あの……。いま飯星さんは早急に室内をたしかめたがっておられまして……」

艘崎が李奈に向き直った。とたんに意外そうな面持ちになる。「これは……。ひょっとして杉浦李奈先生では？　週刊誌の報道で写真をお見かけしました。なんとここで飯星先生とはまた別の、新進の天才作家とお知り合いになれるとは」

あまりのバイタリティに李奈は圧倒されつつ、艘崎に頭をさげた。「ど、どうも……」

「いかん！」宗武はまるで李奈を庇《かば》うように、艘崎とのあいだに割って入った。「杉浦さん。この艘崎という男は出版契約を破りまくる嘘つきだ。霹靂出版も赤字つづきで火の車だろう。講談社のエントランスの柱一本ぶんで買えるていどの、安い安い雑居ビルの社屋、しかももちろん賃貸でしかない」

「失敬な」艘崎が怒りに目を血走らせた。「鳳雛社こそ張り子の虎の極み、そこいらの自己啓発本並みの中身のなさ……」

口論が延々つづく。飯星はうんざりしたように自室の玄関ドアに向かった。ドア横にある鉄格子つきの小さなサッシ窓を、外から横滑りに開ける。キッチンの流しの上にある窓のようだが、ふだんから施錠していないらしい。飯星は開いた隙間に手を突っこんだ。

「ない」飯星が血の気の引いた顔でつぶやいた。

そこに玄関ドアの鍵《かぎ》を隠していたようだ。飯星がでかけるときの行動を、敷地外からも容易に監視できそうな環境だった。不用心にもほどがある。

宗武が口喧嘩《くちげんか》を中断し、飯星を見つめた。疑わしげなまなざしをふたたび艘崎に向ける。「誰が盗《と》ったかはあきらかだ」

「馬鹿なことを」艘崎が憤然といいかえした。「私はインターホンのボタンを押しただけだ。どこかの馬の骨のように、礼を失した行動などとらんからな」

「取次から届く段ボール箱を開ける書店員ゼロの霹靂出版が減らず口を叩《たた》くな」宗武がドアの把《と》っ手《て》を握った。「鍵を盗まれたのなら大家に頼むしか……。おや？」

ドアがすんなりと開いた。宗武と飯星は唖然として顔を見合わせた。大きくドアを開け放ちながら、宗武が艘崎に怒鳴った。「おまえは入ってくるなよ！」

飯星は宗武につづき室内へ転がりこんでいった。眉間《みけん》に皺《しわ》を寄せる艘崎に、李奈は戸惑いつつおじぎをすると、ドアの向こうに踏みいった。

靴脱ぎ場にふたりの靴が投げだされている。どたばたと足音が奥に向かっていく。短い廊下の右手はＬＤＫ、左手と正面は居室のドアらしい。宗武らが駆けこんだのは正面のドアだった。

八畳ほどの洋室に、机と椅子、本棚がある。書斎として用いていたのがわかる。机の上にはノートパソコンが据えられていた。飯星があわてぎみにパソコンを操作し、宗武がモニターをのぞきこむ。李奈は室内を見まわした。いま入ってきたドアとは別に引き戸があった。開放された戸口の向こうは、約六畳のフローリングで、収納ボックスが積みあげられている。さらに奥の和室は寝室のようだ。ミニマリストのように荷物が少なく、会社員に喩《たと》えれば男性の単身赴任の暮らしぶりだろう。洗濯室やバスルームも備わっているとわかる。缶詰になって原稿を執筆するには、理想的な環境にほかならない。

飯星の悲痛な声が響き渡った。「初期化されてる！」

宗武がぎょっとした顔できいた。「本当か？」

「見てくださいよ」飯星は取り乱しながらキーを必死に叩いた。「買ったときと同じぐらいアイコンが少ない。ＨＤＤもほとんど空っぽ……。どうしたらいいんですか、これ」

侵入者がいたと確定したわけではない。思いこみでパニックに陥っている可能性もある。李奈は机に近づいた。「落ち着いてください。パソコンの不具合かもしれません。だいいちマイクロソフトアカウントのＰＩＮコードを知らない他人が、いじれるわけが……」

ノートパソコンを眺めたとたん李奈は絶句した。モニターの縁に、子供向けの小さなイラストシールが貼ってあった。そのシールには、猫が喋《しゃべ》ったようなフキダシがデザインしてあって、なかに短いメモを書きこめるようになっている。フキダシいっぱいに、たぶん飯星の手による『ゴロニャン』という字が書いてあった。

李奈は頭を掻《か》いた。「これＰＩＮコードを忘れないためのメモですよね？」

「ど」飯星が驚愕《きょうがく》のいろを浮かべた。「どうしてわかるんですか」

宗武も半ばあきれたようにいった。「飯星君。まさかゴロニャンで５６２８だったんじゃないだろうな」

飯星がうろたえだした。「そのまさかですけど……」

「なにやってる」宗武が苛立《いらだ》ちをのぞかせた。「モニターの縁に貼ってある付箋《ふせん》やシールは、IDとパスワードかPINコードそのもの、そうじゃなければ語呂《ごろ》合わせ。ミステリの常識だぞ」

「そうなんですか……？　僕はミステリを書かないので、ちっとも知りませんでした。自分なりの工夫だとばかり……」

「ミステリを書かなくても、読んだりはするだろう。猫のシールを使えばカモフラージュになるって？　小学生並みの安直さだ」

「僕がむかし読んだのはエラリー・クイーンやディクスン・カーぐらいなんです。パソコンとPINコードなんて最新テクノロジーがでてくる小説には、接したことがなくて」

「飯星君！　グーグル乗換案内の存在を無視しまくってた某大御所先生でも、晩年にお書きになったネタだぞ！　シールに土佐《とさ》と書いてあって、土佐くろしお鉄道だから9640《クロシオ》とか。その巻は鉄道に無関係の事件と犯人だったのに、某警部が超推理する問題作だが、とにかくきみは小説家にしちゃ油断がすぎる」

「すみません。でもこのパソコンには書きかけの原稿データが……」

「バックアップは？　野球の話じゃないのはわかるな？」

「さすがにご老体じゃないんだから、それぐらいはわかりますよ。データならあちこちに分散させてます」飯星は机の引き出しを開けた。だがまたしても驚嘆の声を発した。いっそう泡を食いながら飯星がうったえた。「ない！　USBメモリーもSDカードも……」

宗武が動揺をあらわに本棚をひっかきまわした。「どっかに一枚ぐらい隠してないのか！　それぐらいの備えはしとくべきだ」

「部屋に入られるなんて思いもよらなかったんです」

李奈は身を乗りだした。「ちょっと失礼します。パソコンに触ってみてもいいですか」

ふたりの男性は固唾《かたず》を吞《の》み、李奈の作業を見守っている。宗武がきいた。「じつはパソコンにすごく詳しいとか……？」

「……いいえ」李奈は途方に暮れるしかなかった。「ただひとつわかることがあります。ほんとに初期化されてますね」

飯星が両手で頭を抱えた。「終わりだー！　一か月近くの苦労が……」

狼狽《ろうばい》するばかりの作家と編集者を眺めながら、李奈は胸を痛めたものの、脳の半分ぐらいはまだ疑心暗鬼だった。

「すみません」李奈は控えめに声をかけた。「いかにも岡田さんか誰かが無断侵入して、パソコンを初期化して、原稿データを持ち去ったっぽく見える状況ですけど……。そのように決めつけるべきでしょうか?」

宗武のうろたえぶりは、まず嘘ではないと思えるが、会ったばかりの飯星は未知数だった。売れる作家になって日が浅いのはたしかだろうが、どうもドジが過ぎるようにも感じられる。さっきからまるでドタバタ喜劇だ。とはいえそれだけ取り乱さざるをえない事態ゆえかもしれない。プレッシャーのなか連日執筆に追われているせいで、ふつうなら常識的に頭がまわるはずのことに、思考が及ばないこともありうる。いまのところはなんともいえない。

飯星がはっとした。「ウェブカメラ!」

開いた引き戸から隣の部屋へ走った飯星が、球状の機器を持ち帰ってきた。野球のボールよりひとまわり大きく、外殻はプラスチック製。中央にカメラレンズがついている。それを机に置いた。

ところが飯星はまた嘆いた。「ああ……。パソコンが使えなきゃ録画もたしかめられない」

宗武がじれったそうにいった。「マイクロSDカードを引き抜けば、うちのパソコンで観られるだろ」

「ウェブカメラアプリのIDとパスワードがわからないと、ファイルが開けないんです。テキストファイルにメモしておいたんですが、それもパソコンのHDDのなかでして」

「新規IDとパスワードを作れば……」

「たしかほかのパソコンじゃ無理だと説明書に書いてありました」

「飯星君！　だからいっただろう。原稿のファイルを私に送っておいてくれればよかったじゃないか」

「書きかけの原稿であれこれ指摘されるのは嫌だったんですよ。もうちょっとで脱稿できたんだから、そのときにと思って……」

ふいに別の男の声が冷静に響いた。「スマホアプリをダウンロードすればいい」

李奈を含め一同が振りかえった。背後に口髭《くちひげ》の艘崎が澄まし顔で立っていた。

宗武が歯ぎしりした。「艘崎。勝手にあがりこむな」

だが艘崎は意に介したようすもなく告げた。「そのウェブカメラなら、うちでも飼い犬の見張りに使っとる。パソコンとスマホではアプリの管理も別々だ。新規IDとパスワードが作れる」

飯星が腑《ふ》に落ちた表情になった。「たしかにそう書いてあったかも……。やってみます」

ウェブカメラのラベルにあるQRコードを、スマホカメラで読みとる、そこから作業が始まった。まだ三十代なのに、この種の技術にまごつく不器用な飯星と、いちいち横槍《よこやり》をいれる口うるさい宗武。ふたりの四苦八苦を、李奈は黙って眺めるしかなかった。艘崎も半ばあきれたようすでたたずんでいる。

そのうち李奈は飯星について、怪しいところがあるというより、ただ天然なだけではと思うようになった。マスコミを通じ、いかにも人気作家然としたりりしい顔つきが知れ渡っているが、たぶんこれが彼の本性なのだろう。文章表現は巧みだし、小説を書く才能にも恵まれているものの、世間知らずで常識に疎くもある。多分にだらしなく子供っぽい。編集者に親代わりを求める作家も少なくないが、飯星もそのタイプかもしれない。宗武のしめす父性とは妙に相性がいいようにも思える。

つまり飯星は宗武に依存しているのではないか。当初から宗武の好む作風に合わせて書き、うまく売ってもらってからはいっそう信頼を深め、いまでは近所に住むほど頼りきっている。宗武は大物風を吹かせる威張りたがりではあるが、身内を大事にする面もあるし、あの毒舌が楽しいと思えれば、担当編集として頼もしい存在になりうるのだろうか。

　飯星君は案外、寂しがり屋でな。宗武は以前そういった。ひとり上京し、孤独な個人事業主をつづけるにあたり、そんな心境になるのもわからないではない。李奈は編集者への依存心とは無縁だが、それはいつしか内面が鍛えられ、強くならざるをえなかったからだ。飯星はもともと、岡田の実直だがおとなしい性格を、物足りなく感じていたとも考えられる。初めから岡田を切り、宗武と組む運命だったのか。

　やがて飯星が声を弾ませた。「インストールが始まった。再起動すればアプリが使えるようになる」

　宗武が艘崎をちらと振りかえった。「泥棒が岡田じゃなくほかの人間なら、これが動かぬ証拠になるわけだ」

　艘崎も敵愾心《てきがいしん》をあらわにした。「おまえこそ商売の汚さが世間にバレないよう気をつけることだ」

　飯星が顔をあげた。「アプリが機能してる！　録画が観れますよ」

　李奈は思わず駆け寄った。艘崎も近づいたが、宗武は追い払う余裕さえしめさず、飯星の操作するスマホをじっと見つめている。

　全員が凝視するなか、スマホの画面表示が切り替わった。録画映像が再生された。

定点カメラは隣の部屋から書斎の机まわりをとらえている。飯星が二十倍速で巻き戻し再生すると、そのうち不審な人影が写りこんだ。画面をタップし通常再生に切り替える。

何者かがようすをうかがいながら、慎重に部屋に入ってくる。いまのところ背中しか見えない。黒っぽい服を着た痩身《そうしん》の男だった。ひとり机に忍び寄り、パソコンを勝手にいじりまわす。引き出しを開け、なかにあったＵＳＢメモリーやＳＤカードをつかみだし、ポケットにねじこむ。

やがて男は退室すべく振りかえった。李奈は鳥肌が立つのをおぼえた。宗武や飯星、艘崎も息を呑みつつ画面を見守った。一同が揃って衝撃の反応をしめした。李奈も言葉を失っていた。

極度に神経が昂《たか》ぶったようすの岡田眞博の顔。阿佐ヶ谷駅の改札に消えたときと同じだ。ディープフェイクなど加工した画像ではない。飯星の指がスワイプで表示を拡大しても、精密な解像度にはいっさいちらつきが見てとれない。岡田本人にまちがいない。

ぞっとする寒気を李奈は味わった。疑心暗鬼をほかに向ける必要はなくなった。窃盗犯はまぎれもなく岡田だった。

10

駐在所の警察官が自転車で駆けつけるまで、かなりの時間を要した。来てからも延々と、のらりくらりとやりとりがつづき、いつしか夕方になってしまった。

窃盗被害に遭った飯星佑一の部屋も、室内が暗くなってきたため、明かりが灯《とも》った。李奈はずっと立ち話につきあっていたものの、いい加減に疲労を感じていた。宗武と飯星も焦燥が過ぎて、いまや憔悴《しょうすい》のいろを漂わせるようになっている。ひとり艘崎だけは部外者だからか、慌てたり気を張ったりすることもないらしく、消耗したようすもなくけろりとしている。

警察官は年配で小柄、飄々《ひょうひょう》としたタイプで、どうにも真剣に取り合ってくれない。黒縁眼鏡をかけた警察官は、もう手帳にメモもとらず、ただ部屋のなかをぼんやり眺めまわすばかりだった。

「で」警官がぶつぶつといった。「具体的な窃盗被害は、SDカードが七、八枚ぐらいで、USBメモリーは十個ちょっとでしたかね？　それ値段ではどれぐらいです？」

飯星は真面目に答えた。「通販でサンディスクの五枚セットでしたから、そんなに高くなかったし、クーポンでタダ……」

宗武が横から割って入った。「いい加減に理解してくれ。盗まれたのは有形の物じゃなく、無形の財産だ。データなんだよ。ナミウミの飯星佑一著の原稿だ」

警察官はきょとんとしたのち、苦笑とともに背を向けかけた。「サーファーの話は興味がなくて……」

「サーファーじゃない！」宗武が警察官の肩をつかみ振りかえらせた。「『涙よ海になれ』だよ。小説にまったく興味がなくても、超有名なタイトルぐらいはきいたことがあるだろ」

「ぼんやりきいたような。たしか私が子供のころ観に行ったガンダムの映画……」

「井上大輔《いのうえだいすけ》の『めぐりあい』の歌詞なら〝涙よ海へ還《かえ》れ〟だ。キム・ヨンジャの演歌『涙のしずくよ海となれ』ともちがうぞ」

「キム……誰ですって？」

「ヨン……いやそんなことはいい。お巡りさんが日々忙しいのはわかるが、ダブルミリオン寸前の大ベストセラー作をご存じないのは問題ですぞ」

「すみませんなぁ。なにしろこの辺りには本屋ってもんがなくて……」

脱線ぎみの喋《しゃべ》りが無駄につづく。飯星が浮かない顔で李奈にささやいてきた。「編集者にありがちだよね。題名を考えるときにググるから……」

「あー」李奈も小声で応じた。「わかります。検索した結果、近い題名があると気分がモヤって、いつまでもおぼえてたり」

艘崎も声をひそめ加わった。「逆の場合もありうる。既存の題名をパクって、少しいじって使った場合だ。元ネタをいつも意識して頭から離れない。宗武ならさもありなんだ」

宗武が嚙《か》みついた。「なにがさもありなんだって？」

警察官はいたってマイペースで、口論を仲裁する素振りもみせず、ただ首をひねった。「原稿といっても書きかけで、完成してなかったんでしょう？」

「よしてくれ」宗武が心外だとばかりに声を張った。「版元に数十億、著者に数億をもたらす小説の原稿だよ！　『モナ・リザ』が完成した絵画じゃないのはご存じか？　飯星の小説は脱稿の一歩手前だったんだ。完成品と同等の価値がある」

冗談だと思ったのか、警察官はまた顔をそむけながら笑った。「数十億って……」

「だから！　事実として『涙よ海になれ』はそれぐらい売れとるんだ」

「次も同じレベルの売り上げになると、確定済みだったわけじゃないんでしょう？」

「いや……売れるよ。飯星君の次回作への期待が高まってるし、うちとしても大宣伝を打つし」

「代金を支払済みの予約数だとか、具体的な数字がないとですね、巨額の損失とはいいきれんのですよ」

宗武が表情を凍りつかせた。駐在所の警察官だと思って、なめてかかっていたところ、思わぬ反論にぐうの音もでない。顔にそう書いてある。

警察官が天井を仰ぎ見た。「ここの家賃はおいくらぐらいですか」

飯星が警察官に向き直った。「八万九千円に、管理費が八千円です」

「ほう。この辺りにしちゃずいぶん高めですな。しかも一階なのに」

靴脱ぎ場で物音がした。誰なのかは予想がつく。さっき外にでていったアパートの管理人が戻ってきたのだろう。ワイシャツとスラックスに身を包んだ、ぼさぼさ頭の四十代、稲葉《いなば》昌義《まさよし》が懐中電灯を片手にいった。「外を見てきました。壊された物とか、なくなってる物は、特に目につきませんで」

「どうも」警察官が頭をさげた。「ご苦労様でした。参考になります」

このアパートに管理会社はなく、オーナーも個人だった。ただし稲葉は業者からアパート経営を勧められ、強い押しに負け建設に踏みきったと、さっき事情を打ち明けていた。ひとりで切り盛りするにあたり、なんのノウハウもないためか、あるいは立地が悪すぎるせいか、ずっと赤字つづきだという。

「ええと」警察官が呼んだ。「飯星さん。っていうか本名橋山さんですね」

「はい」飯星が警察官に歩み寄った。「なにか?」

警察官は机を見下ろした。「このパソコンですが、被害にお気づきになったときには、どのような状態に……」

管理人の稲葉が遠慮がちに宗武に歩み寄った。「ちょっとよろしいですか」

宗武はそっけなくいった。「あとにしてください、稲葉さん」

「例の件ですが、いつ解禁になりますか」

「なんの話ですか」

「あれですよ、小説家版トキワ荘。告知を始めてもいいんでしょうか? まだ部屋が四つしか埋まっていなくて」

「しっ」宗武がばつの悪そうな顔で応じた。「また来週あたりに説明しますから」

稲葉が不服そうに口を尖《とが》らせた。「先週もそうおっしゃいましたよ」

揉《も》めごとの気配を艘崎が見過ごすはずがなかった。艘崎はつかつかと歩み寄ると、宗武に茶々をいれた。「おやぁ。またよからぬ商売を企《たく》んでいるとみえる」

宗武が艘崎を睨《にら》みかえした。「人聞きの悪いことをいうな」

「小説家版トキワ荘ねぇ。おおかた飯星佑一が住んでいることを売りにして、小説家志望をたくさん集める気かな。ちょっと高めの家賃設定にするぶん、企画した宗武がパーセンテージを受けとる。土日は敏腕編集者宗武による住人限定小説講座付きを謳《うた》うとか」

飯星が警察官との会話を中断し、真顔で宗武を振りかえった。「なんの話ですか？　きいてないですよ」

宗武は苦虫を嚙み潰《つぶ》したような表情だったが、飯星に向き合うや、愛想のよさを取り繕った。「きみに伏せてたわけじゃないんだ。ただ田舎というのは助け合いが重要でね。アパートの管理人さんにも力を貸してあげるべきなんだよ」

「でも」飯星は不満をあらわにした。「静かなのがよかったのに、ほかの部屋がいっぱいになるんですか？　しかも小説家の卵で？　僕の愛読者が入居してきたらどうするんですか」

「落ち着いてくれ。握手会をしろとはいわんよ」

「もちろんお断りですよ。本にサインを求められるだけでも迷惑です。ひとつ屋根の下で作家志望の群れと同居なんて……」

「心配しなくていい。まだ確定したわけじゃないんだ」

今度は管理人の稲葉が不本意そうにきいた。「確定じゃないですって？　そんなの困ります。もう融資が切れようとしてるのに」

宗武がぶっきらぼうな態度をしめした。「それはきみの責任で借りた金だろう」

「いまさらそんなこと」稲葉の顔面が紅潮しだした。「あなたは鬼か。ここはほっときゃ空き部屋だらけですよ。小説家版トキワ荘にする前提でなきゃ、この部屋を三万で貸すはずが……」

新たな混乱の火種が生じつつある。飯星が眉《まゆ》をひそめた。「宗武さん……？　家賃を肩代わりしていただけてるのはありがたいんですが、月八万九千円プラス管理費八千円だと……」

「それはこのアパートの通常の家賃だ。きみの場合はね、そのう、交渉で安くしてもらった」

「なら管理人さんの頼みを断れない状況じゃないですか」

稲葉が宗武に抗議した。「宗武さん。この作家さんに事実を伝えていなかったんですか」

警察官が腕時計をチラ見した。「さて。だいたいのことはわかりましたから、いったんこれで引き揚げます」

「まった」宗武が血相を変えた。「引き揚げるって、まだ犯人の行方に目星もついてないじゃないか」

「犯人って。窃盗について被害届をだす意思はあるんですか?」

「いや……。だからそれは、もうちょっとまってほしい。飯星佑一の担当編集として、不祥事を週刊誌に嗅《か》ぎつけられるわけにいかんのだよ」

「それは宗武さんのご都合でしょう。被害届がだされて、警察が受理して、初めて警察官が正式に動けるんです」

「岡田がこの辺りに潜伏してたのはまちがいないんだ。まだ近くにいる可能性もある。被害届をだすまでもなく、不審人物として捕まえてくれたら……」

「だから被害届を受理しなきゃ始まらんのですよ」

宗武が警察官と口論する一方、飯星は管理人の稲葉と深刻な顔を突き合わせている。手持ち無沙汰《ぶさた》な李奈は、艘崎と目が合った。いまさら互いに会釈する。

李奈は艘崎にささやいた。「宗武さんとはどのような仲で……?」

「仲?」艘崎が鼻を鳴らした。「あいつとは大学が一緒だったんです。文学部のOBどうしでしてな。当時はどっちが早く出版界で出世できるか競ってた。しかしがっかりだよ。宗武が文芸へのこだわりを捨て、拝金主義のキワモノ的存在と化したのは、私の人生でも最も興ざめするアイロニーだ」

宗武が艘崎に目を戻した。「聞き捨てならん！　おまえこそ卑怯《ひきょう》な手で、うちの作家を次々と引き抜いて……」

いきなりドンと騒音が響いた。隣が壁を叩《たた》いたらしい。一同は静まりかえった。

管理人の稲葉が緊張の面持ちでいった。「お隣は小説家志望じゃありません。二階のふた部屋もそうです。まだ公募してないのですからね。つまりこの部屋の騒動には、なんの理解も得られないってことです」

警察官がここぞとばかりに申し渡した。「近所迷惑になるのは見過ごせません。この部屋の住人である橋山さんを除き、みなさんご退出ください。私もこれで失礼します」

宗武はまだ異議を唱えたがっているようすだったが、警察官がじっと見かえすと、困惑ぎみに黙りこんだ。全員がぞろぞろと玄関に向かう。飯星も見送りがてら、みなと一緒に外にでた。

辺りは暗くなっていた。星々が瞬く夜空の下、街灯もない山中はほぼ真っ暗だった。アパートのいくつかの部屋の窓明かりが、闇を照らす貴重な光源になる。それを頼りに砂利の上を宗武のクルマへと向かう。警察官は自転車に乗り、さっさと走り去っていった。

歩きながら李奈は稲葉にきいた。「隣の部屋の住人は、ずっと前から契約なさって るんですか」

「ええ」稲葉がうなずいた。「二階のひと部屋だけ、ごく最近の入居ですけどね。あれですよ、２０３号室」

稲葉が仰いだほうを李奈も眺めた。半開きのカーテンの隙間から、照明の蛍光灯が見えている。遮るもののない光が目に眩《まぶ》しい。いや、むしろ目に痛い。ずいぶん光量が強すぎる気がする。明かりの質もやや異なるように思えた。

はっとして李奈は立ちどまった。「宗武さん」

「あ？」宗武が振りかえった。「なんだね」

「この光……」

宗武は妙な顔で窓明かりを仰ぎ見た。その表情が険しくなる。ジャケットの内ポケットをまさぐり、手帳をとりだした。

開いた手帳のなかにカードが挟んである。表面の印刷は赤一色だった。宗武がそのカードを凝視する理由は、李奈にも見当がついた。

艘崎もカードをのぞきこんだ。「縞模様《しまもよう》には見えんな」

「そのとおりだ」宗武がつぶやいた。「縞が全然浮かびあがらん。こいつは……」

編集者ふたりが気づくのは当然だった。だが作家の飯星は意味がわからないらしく、途方に暮れたようにきいた。「なんです？　縞って？　それは赤のべた塗りじゃないですか。縞なんてもともとなさげですよ」

「二階だ」宗武は吐き捨てるとアパートに駆け戻りだした。

李奈もそれに倣った。艘崎が並走する。飯星と稲葉はわけがわからないようすで、しばしその場にたたずんでいたが、すぐに後ろを追いかけてきた。

飯星が息を弾ませながら怒鳴った。「まってください！　なにがあったんですか」

答えている暇があるなら、ただちに二階へ駆け上がり、２０３号室に飛びこむべきだろう。李奈はそう思った。幸いにも外階段は一本きりだった。住人が騒ぎに気づき逃げようとしても、退路はほかにない。

11

２０３号室のインターホンを鳴らしたが応答はなかった。玄関ドアに鍵《かぎ》がかかっている。宗武と艘崎が管理人の稲葉に解錠を迫った。むやみにそんなことはできない、稲葉がそういうと、宗武は業を煮やしたようすで、スマホの画面を向けた。なぜか稲葉は顔いろを変え、ポケットから鍵束をとりだし、ドアを開けにかかった。

ほどなく開け放たれたドアのなかに一同は踏みこんだ。住人の靴は見あたらなかった。宗武を先頭に、全員が短い廊下にあがり、奥へと突き進んでいく。

飯星の104号室と部屋数や間取りは同じだが、鏡のように左右逆になっている。キッチンにはポリ袋や弁当の空き容器が散乱していた。冷蔵庫や電子レンジはない。買ってきた物を食い散らかしただけに思える。

ここの住人も飯星と同じく、奥の部屋を書斎に用いていた。さっき外から見えた蛍光灯は、この室内の天井に設置してある。

書斎と呼べるほど家具は充実していない。通販で買ったとおぼしき、安物の机と椅子があるほかには、毛布や段ボール箱が点在するだけだ。ただし引っ越し業者が家財一式を搬入する前だとしても、生活の拠点にしていた以上、あるべきはずの物がない。財布にスマホ、カバン類、着替えの衣類が見あたらない。それらを持って外にでたとしか思えない。

管理人の稲葉が動揺をしめした。「夜逃げだ！　いや行方をくらましたのは陽があるうちか。昼逃げだ！」

宗武が息を切らしながら机に歩み寄った。「照明がまんべんなく当たる場所に机を置いてるな」

艘崎も呼吸を整えつつ宗武の横に並んだ。「ここで仕事をする気満々だったわけか。鳳雛社はまだあいつに色校指定をまかせてるのか？」

「まさか」宗武が首を横に振った。「もう解雇されたも同然の奴だ。フリー編集者のクチを探してたんだろ」

「ネット経由で仕事依頼を募集か？」

「ああ。本格的な編集作業を請け負えるってのを売りに、細々と小銭を稼ぎ、潜伏をつづけるつもりだったんだろう」

飯星はいまだに意味不明という顔をしていた。「小説にして三ページ以上、説明を伏せて物語を進行するのは好ましくないと教わりましたけどね。これが小説なら、この203号室に入って以降の描写が、そろそろ三ページになりそうじゃないですか」

李奈は飯星にいった。「ここの照明、ちょっとちがいを感じませんか。色評価用蛍光灯です」

「色評価……？」

艘崎がからかうような口調でつぶやいた。「ダブルミリオンだかなんだか知らないが、編集のイロハにすら疎い作家だ」

宗武が顔をしかめた。「ふつうは知らなくて当然だ。杉浦さんが博学多才なだけだよ。飯星君。うちの編集部でも色評価用蛍光灯を使っててだな……」

印刷する色彩を正しく指定するためには、日中に外にでて、自然光の下で確認するのが望ましい。しかしそれでは時間帯がかぎられるうえ、いちいち外にでる手間も増える。よって編集部の一角や印刷会社のラインなどに、自然色に近い光を放つ、特殊な蛍光灯が設けられる。

色評価用蛍光灯はアマゾンでも売っていて、ふつうの蛍光灯よりはかなり高い。蛍光灯自体の性能をチェックするためのシートもある。さっき宗武が手帳からとりだした、光源演色性検査カードがそれにあたる。ふつうの蛍光灯なら縞模様が浮きでるが、色評価用蛍光灯ならムラのない綺麗《きれい》な単色に染まる。

飯星が目を丸くした。「小説家でそこまで知ってるのなんて、自分で装丁デザインもやる京極夏彦《きょうごくなつひこ》さんぐらいじゃないのか？　杉浦さんは凄《すご》すぎるよ」

机のわきにセロテープで貼ってあったメモ用紙を、艘崎が引き剝《は》がした。文面を一瞥《いちべつ》し艘崎がいった。「早々に仕事依頼があったか、少なくとも問い合わせは入ったんだろう。見ろ」

　メモには〝コート　4／6　90kg〟とある。宗武が唸《うな》った。「出版関係のよろず屋稼業で日々の糧を獲得し始めてた。危なかった。ずっとこの部屋に潜まれる恐れがあったわけだ」

　李奈は宗武にきいた。「さっき稲葉さんにスマホを見せたのは、岡田さんの画像を確認してもらったんですよね？」

「当然だよ」宗武がスマホの画面を向けてきた。「社員旅行のときに撮った。稲葉さんもこいつが203号室の入居者だと認めた」

　おそらく社員全員での記念撮影だろうが、岡田だけが拡大されていた。稲葉が苦々しげにうなずいた。「佐藤幸典《さとうゆきのり》と名乗ってました。急ぎだというから身分証のコピーだけで、暫定的な入居を認めてしまって、あとで提出を受けることになってましたが……。あれは偽造だったんだな」

　飯星がひとり当惑顔でたずねた。「メモの意味はなんですか。コートとか六分の四とか九十キロとか……」

　李奈は説明した。「コート紙で四六判。九十キロというのは厚みの目安です。紙は一枚だと軽すぎて比較しづらいので、千枚単位の重さで表すんです。印刷所への発注について、仲介かなにかをしていたんでしょう」

宗武がこぶしで机を叩《たた》いた。「実務を始めようとしてやがった。新築の軒下にさっそくツバメが巣を作りだすみたいなもんだ」

艘崎は疑問を呈した。「よくこのアパートを突きとめたな」

ふんと宗武は鼻を鳴らした。「なんら難しくはない。飯星が俺の家の近所に住んでることは、もう岡田も知ってたんだからな。あるいはひとまず潜伏先として、ここのアパートを選んだら、飯星がいてびっくりって状況だったかもしれん」

そんな偶然があったとしてもふしぎではない。田舎の山中だけに、入居できる賃貸施設はごくかぎられてくる。宗武家の近所となればなおさらだろう。

宗武は室内をうろつきまわった。「肝心な物だけ掻《か》き集めて、大急ぎででていった感じだ。俺たちが下の部屋で騒いでたから、あわてて逃げた可能性もある」

飯星が宗武を見つめた。「まだ遠くまで行ってないのでは？」

「ちがいない」宗武は稲葉に視線を移した。「佐藤を名乗ってた住人はクルマを……？」

稲葉は首を横に振った。「入居時には駅からタクシーで来ました。それ以降は外出するところも見てない」

「なら」宗武が足ばやにドアへ向かいだした。「いちばん近いバス停だな。四本しかないうちの最終が、午後七時三十二分」

艘崎が腕時計に目を落としながらつづいた。「あと六分だぞ」

「追いかけて捕まえてやる」宗武は廊下へ駆けだしていった。

李奈もそれを追った。全員がまた靴を履き、外階段を駆け下り、砂利の上のトヨタランドクルーザーをめざす。運転席に宗武、助手席に李奈が乗った。後部座席には飯星と一緒に、稲葉と艘崎も乗りこんできた。

宗武が苛立《いらだ》ちをあらわに振りかえった。「艘崎は降りろ。おまえのクルマはどこだ？」

艘崎は車外を指さした。「そっちに停めてあるレクサスだが、バス停の場所がわからん」

「レクサスとかいって、どうせド中古だろ」

稲葉が急《せ》かした。「宗武さん、もう時間がない」

「畜生」宗武は悪態をつきながら前に向き直った。エンジンを始動させ、ステアリングをぐいと切りながら、クルマを山道に向かわせる。

真っ暗な下り坂は蛇行しているが、宗武はかまわずアクセルを吹かし加速させる。

李奈は不安に駆られた。「もうちょっとスピードを抑えたほうが……」

「慣れてる道だよ」宗武は運転しながらいった。「手足が自然に動くほどだ。心配ない」

そうはいっても、クルマがぎりぎりすれちがえるぐらいの道幅しかなく、ガードレールの向こうには闇ばかりがひろがる。昼間見た谷間はかなり深く、下を流れる川まで距離があった。宗武は容赦なくアクセルペダルを踏みつづける。李奈は鳥肌が立つ思いだった。

後部座席の艘崎がいった。「フリー編集者がオンラインで仕事を募って、食えるほどの収入になるのか？　最初のうちは鳳雛社時代のツテがあるだろうが、そのうち途絶えるだろ」

宗武が応じた。「仕事は選ばなきゃいくらでもある。フリーペーパーだとかチラシだとか、印刷所に入稿する物ならぜんぶだ」

飯星も恐怖を感じているのか、震える声で無関係の話題を口にした。「チラシって、なんでチラシっていうんでしょうかね」

いっこうに減速しないまま宗武がつぶやいた。「そういえばなんでかな」

李奈はひやりとした。運転以外のことに気をとられてほしくない。うわずった声で李奈は宗武に伝えた。「情報を世間に散らすって意味からチラシと呼ぶようになったんです」

「ほう。そうなのか」宗武が一瞥してきた。「きみは本当になんでもよく知ってる」

「前を見て運転してください」

「ビラという言い方もあるが……」

「英語の bill が語源です。いいから慎重に運転してください！」

「だいじょうぶだ。もうバス停はすぐそこだよ」宗武がようやくクルマを減速させた。ヘッドライトは上向きにし照射範囲を拡大する。宗武は前方を指さした。「この最後のカーブを曲がった先だ。もうじきバス停の看板が見えてくる。ほら、その辺り……。おい!? あれは？」

宗武だけでなく、飯星や艘崎も驚きの声を発していた。李奈もはっとせざるをえなかった。

ヘッドライトに照らされたバス停、古びたベンチに人影が腰かけている。黒っぽいジャケットにズボン、スニーカー。顔があがった。岡田は愕然《がくぜん》とし、跳ね起きるように立ちあがると、スポーツバッグを手に逃走しだした。クルマで追えない木立のなかを駆けていく。死にものぐるいで逃げているが、そのせいで坂を下る足がとまらなくなったらしい。ふらついたと思うと、スポーツバッグを放りだし、派手につんのめった。しかしすぐに起きあがり、なおも全力疾走で逃げつづける。

宗武はクルマをバス停の前に停めた。じきにバスが来るだろうが、おかまいなしにドアを開け放った宗武が、木々のなかを追跡し始める。

だが後部座席から飛びだした三人のうち、稲葉が猛然と追いあげ、宗武を抜かした。アパート管理人だけに、家賃の取りっぱぐれは死活問題だからだろう。稲葉は懐中電灯を点《つ》けた。前方を逃げる岡田の背を照らす。稲葉の怒鳴り声が響いた。「まて!」

岡田はかなりの俊足だった。それだけ必死に逃げているせいかもしれないが、稲葉をみるみるうちに引き離す。

とはいえ坂道はところどころ急勾配《きゅうこうばい》になっていて、まっすぐ下ることはできなかった。岡田は木立のなか右往左往を余儀なくされた。そのあいだに飯星が道路を駆け下り、ショートカットしたうえで岡田の行く手にまわりこんだ。岡田はあわてぎみに身を翻したが、飯星がすかさず飛びついた。

押し倒された岡田は、飯星ともつれ合うように坂を転げ落ちた。李奈もようやく木立に足を踏みいれたものの、斜面はぬかるんで滑りやすくなっていた。ここを走って下るとは正気の沙汰《さた》ではない。事実として眼下を転がる岡田と飯星は泥だらけだった。

艘崎が手を貸してくれた。李奈はその手をとり、ゆっくり慎重に坂を下った。何度か足をとられそうになったが、艘崎の助けもあり、なんとか滑落せずに済んだ。

岡田と飯星は、坂のなだらかな場所で静止し、ふたりとも横たわっていた。飯星が上半身を起こした。

泥まみれの顔の飯星が、嗚咽《おえつ》に絡みがちな声で吐き捨てた。「岡田さん……。なんでこんな……」

沈黙があった。同じく泥で真っ黒になった岡田の顔は、暗がりのなかで表情すら判然としなかった。ただ放心状態のまなざしが虚空を眺めていた。悲嘆に暮れるとか、憤怒に駆られるとか、そんな単純な感情ではないのだろう。あらゆる思いが心に渦巻くのを、意識しまいと遠ざけている。

ふたりとも肩で息をしていた。少し離れたところにたたずむ宗武も同じだった。宗武が咳《せ》きこみながらきいた。「岡田、原稿データは？」

岡田はぼうっとした表情のままだった。飯星は宗武を一瞥《いちべつ》した。抗議の籠《こ》もった目つき。同感だと李奈は思った。こんなときにも原稿が優先か。

12

今度の110番通報では、五日市署からパトカー二台が来た。岡田は連れて行かれたものの、まだ任意の事情聴取という段階で、手錠を嵌《は》められはしなかった。被害届をだすかどうかについて、宗武と飯星が結論に達しなかったからだ。ただしアパート管理人の稲葉は、警察による岡田への取り調べを強く望んだ。岡田自身も拒否しなかったため、署への任意同行となった。

問題があった。五日市署からの連絡で、岡田がSDカードやUSBメモリーの類《たぐ》いを、ひとつも持っていないことがあきらかになった。ほかの記録媒体の所持もなかったうえ、スマホを開かせたものの、原稿データの記録はないという。

刑事の事情聴取に対し岡田は、窃盗の証拠となる物を携えたまま捕まるわけにいかなかった、そんなふうに打ち明けたらしい。

岡田はアパートからバス停まで逃げるあいだのどこかで、SDカードやUSBメモリーを隠したことになる。埋めたのならなにかを目印にしただろう、刑事がそのように問い詰めると、地蔵、岡田はぼそりとそういった。それ以上はなにも語らずにいると伝えられた。

　夜九時をまわっていた。李奈はまたランドクルーザーの助手席にいた。運転席で宗武がステアリングを握る。後部座席では飯星が泥だらけのまま、むっつりと黙りこんでいた。その隣に艘崎がおさまっている。

　稲葉はいったん家に戻った。アパート賃貸契約について、偽名を用いた岡田を告発するかどうか、署からの電話をまって慎重に判断するといった。いままでの家賃を払わせたうえで、賃貸契約を速やかに解消したいというのが、当然ながら稲葉の意向らしい。

　宗武が運転しながらいった。「お地蔵さんなら心当たりがある。アパートから少し下った木立のなかに、ぽつんと立っててな」

　後部座席の艘崎が訝《いぶか》しげにきいた。「いまからその地蔵に向かうのか？　こんな真っ暗ななかを？」

「怖いなら下山して、さっさと都内へ帰れ」宗武が嘲《あざけ》るような口調を発した。「だいいちおまえは、なんのために俺たちにつきあってるんだ。ＳＤカードの一枚でもくすねようってんじゃないだろうな」

「俺はおまえとちがう。あくまで飯星先生とサシで話したいだけだ。ただしいまのところ、飯星先生がおまえと一緒にいるから、やむをえずチャンスをまってる」

「そりゃおあいにくさまだな。飯星君は俺以外の担当編集とはつるまんよ。そうだろ、飯星君？」

飯星が物憂げにつぶやいた。「岡田さんは馬鹿です。もっと建設的に考えて、新人作家を育てて、業界に貢献することもできたのに」

車内がしんと静まりかえった。宗武が探るような物言いで飯星にたずねた。「岡田が警察署から戻ってきたら、話をしたいと思うかね？」

「いいえ」飯星がきっぱりと否定した。「あきれましたよ。もう愛想が尽きたというべきかもしれません。育ててもらった感謝の念は持ちつづけたかったのですが、泥棒を働かれては……。会社や宗武さんに迷惑がかかってもいけないですし」

「そうか。岡田の今後については、会社にまかせてくれるか？」

「はい」飯星が返事した。それっきりまた沈黙が降りてきた。

李奈も胸を痛めていた。飯星の辛《つら》い思いは手にとるようにわかる。担当編集の岡田に道を誤らせてしまった責任を、飯星も痛感しているのだろう。しかし飯星は悪くない。爆発的な売り上げのもたらす富と名声、成功への嫉妬《しっと》心。その種のトラブルはよく耳にする。恨もうとしても、誰も恨めるものではない。

宗武がクルマを徐行させせた。「お地蔵さんはたしかこの近く……」

ふいに前方からヘッドライトが迫ってきた。別のクルマがすれちがいかけて、こちらに気づいたかのように減速、ほぼ真横で停車した。宗武もブレーキを踏んだ。

相手のクルマは大きめのセダンだった。運転席から降り立った五十代のスーツを目にしたとき、李奈は面食らった。顔見知りだったからだ。

生え際が後退したぶん、額が広くなったものの、年輪のように刻んだ皺《しわ》の数々が、面立ちに知性を感じさせる。医療関係のアドバイザーとして、出版界に深い結びつきのある、萩原昭輔医師がウィンドウをのぞきこんできた。

「宗武君」萩原が運転席に声をかけた。

「ああ」宗武はクルマのエンジンを切り、ドアを開けると車外にでた。「萩原先生、どうも」

「きょうは忙しくてね、さっき帰ったんだよ。伝言をきいてバス停へ行ったが、誰もいなくて、この道を上ったり下ったりして」

「そうか、どうも申しわけない。いま思いだした。警察をまつあいだに電話したんだった」

「なんだね。私を呼びだしておいて、自分は忘れとったのか」

「だから申しわけないといってる。うちの大事な作家が斜面を転落して、泥だらけになってね。私も軽くパニックを起こしてしまって、まず先生に診せなくてはと思って」

たしかに宗武は110番通報したあと、パトカーが来るまでのあいだに、会社や自宅を含む各方面に電話をかけまくっていた。医師らしき人物の家にも電話していることに、李奈は気づいていたが、やはり知人の萩原だったか。

萩原は難しい顔で車内を見渡した。「その大事な作家さんのぐあいは？　私よりまず救急車を呼ぶべきだろう」

運転席のドアが開いているため、車内灯が点灯したままだった。後部座席に泥まみれの飯星がいるものの、萩原の目は助手席にとまった。鳩が豆鉄砲を食ったような顔になり、萩原がじっと見つめてくる。李奈は微笑とともに会釈してみせた。

「杉浦李奈さんじゃないか！」萩原医師が笑顔になった。「なんと、こんな田舎の山奥で、まさに掃きだめに鶴だ」

宗武が不満げにつぶやいた。「言葉のチョイスがよくない。私たちに失礼だろう」

李奈はドアを開け車外に降り立つと、もういちど深く頭をさげた。「おひさしぶりです、萩原先生」

「どこも痛くないのかね？　うちの診療室で詳しく診たほうが……」

後部ドアの左右が開き、飯星と艘崎がそれぞれ車外にでた。泥まみれの飯星が咳《せき》ばらいとともにいった。「先生。下り坂を転がり落ちた作家というのは私です」

宗武が間髪をいれず補足した。「小説が売れなくなったという意味じゃないぞ。文字どおり坂を転落したというだけだ」

萩原医師が飯星に目を向けた。「ああ、きみか。前に宗武君の家で会ったな。洗濯が大変そうだ。入浴する前にめまいが起きるようなら、先に救急車を呼びたまえ」

艘崎が皮肉っぽくこぼした。「杉浦先生なら自分の診療室。飯星先生なら救急車ときた」

頭を掻《か》きながら宗武がいった。「萩原先生、すまないがいまから、やらなきゃいけないことがあってね」

「ほう」萩原がきいた。「私にもつきあえと？」

「いや。私たちだけでやる。でも飯星君は念のため診療してもらいたい」

「なら明朝、私の診療所に……」

「大事な作家なんだよ。いまは興奮してて自覚がないだけで、じつは小指の骨が折れてたというんじゃ困る。執筆にささいな支障がでるだけでも迷惑千万なのでね。だから私の家でまっててくれないか。すぐ帰る」

「きみは医者を呼びだしておいて、ほかに用があるといいだし、今度は自宅でまてというのか」

「お互い田舎暮らしの仲じゃないか。杉浦さんも私と一緒に家に戻るよ。東京への終電は間に合いそうにないし」

李奈は戸惑いをおぼえた。「いえ、わたしは……」

しかし李奈の返事を耳にするより早く、萩原医師はさっさと自分のクルマにひきかえした。「宗武君の家でまつ」

萩原医師は運転席に乗りこんだ。セダンはただちに発進し、たちまち遠ざかっていった。

艘崎がしらけ顔でつぶやいた。「医者の若い女性好きは異常だな」

宗武はため息をついた。「あれでも出版業界に寄与してくれてる。うちの小説には特にな。お地蔵さんのほうを済ませるか。飯星君の原稿がないと困る」

各自がスマホの懐中電灯機能をオンにし、木立のなかに足を踏みいれる。この辺りはわりと平面に近いが、木々が群集する密度は高い。隙間を抜けるのもやっとの場所がいくつかあった。

さっきの宗武の物言いでは、地蔵がすぐ近くにあるような口ぶりだった。けれどもいま宗武はどんどん深く分けいっていく。クルマを停めた車道ははるか後方に遠ざかった。李奈は徐々に不安になってきた。虫さされも心配だが、それよりずっと闇が怖い。

宗武が足をとめた。「あったぞ。ここだ」

大木の太い幹の根元、小さな祠《ほこら》が設けてあり、なかに石でできた地蔵が鎮座していた。飯星のスマホライトが地蔵の周りの地面を照らす。なにかを埋めた痕跡《こんせき》は見あたらなかった。

艘崎が怪訝《けげん》な顔になった。「これが目印じゃなかったのか」

李奈は自分の考えを言葉にした。「目印にしたうえで、ここから少し離れた場所に埋めたとすれば……。たとえば地蔵の見つめる方角へまっすぐ進んだ先とか」

宗武がそちらを振りかえった。「行ってみよう」

四人はひとかたまりになり、木立のなかを進んだ。全員のスマホライトが足もと周辺の地面を照らしつづける。李奈の胸中で心細さがいっそう募った。耳慣れない鳥の鳴き声がこだまする。湿り気を帯びた枝葉や土のにおいも、いまはあまり気分よく感じられない。

しばらくして宗武が立ちどまった。「掘った痕跡は見あたらんな。SDカードやUSBメモリーが捨ててある気配もない」

艘崎もうなずいた。「地蔵からかなり離れてしまってる。戻ったほうがいい」

李奈は困惑とともに詫《わ》びた。「申しわけありません……」

飯星が来た道をひきかえしながらいった。「きみのせいじゃないよ」

「そうとも」宗武も同意をしめした。「なにもかも岡田が悪い。地蔵からやり直そう」

地蔵へと戻る途中、艘崎が辺りを見まわした。「そういえば、あきる野市には熊がいるんじゃなかったか？」

李奈はひやりとした。「いまそんなことをおっしゃられても……」

「熊？」飯星が声を震わせた。「まさか。冗談でしょう」

「いや」艘崎は淡々と告げた。「東京の多摩地域はツキノワグマが生息してるよ。熊がいる首都は世界的にもめずらしいとか」

宗武がうんざりしたように制した。「よせ。たしかに注意の看板は立ってるが、私はずっとこっちに住んでて、熊なんか見たこともない」

「でも」李奈は念のため宗武にきいた。「目撃情報は耳にしたことが……？」

「それはあるよ。樹皮が剝《は》ぎとられてたり、養蜂場や養鶏場が襲われてたりもした。だけどツキノワグマは繁殖率が低いからな。数はごく少ないだろ」

だとしても皆無ではないのだろう。急に恐怖が頭をもたげてきた。宝探しは明朝でよくないだろうか。

「も」飯星の声も怯《おび》えの響きを帯びだした。「『森のくまさん』って、どうして〝お嬢さん、お逃げなさい〟っていうのかな。追いかけてくるなら、なんで逃げろといった？　お礼に歌うってのも……」

李奈は気を紛らわすために答えた。「英語の原詞だと、お嬢さんじゃなくて、たぶん男性です。出会った熊は余裕をかまして『おまえは丸腰なのに逃げないのか』と挑発してくるんです。そのうえで逃げた男性を追いかけてくるという、カートゥーンみたいなシチュエーションで……」

「それがなぜ日本語訳でお嬢さんになって、貝殻のイヤリングがでてきた？」

「わかりません。知りません」

「きみにも知らないことがあるのか。なんだかほっとした。クイズ王並みでなきゃ小説家失格といわんばかりの雰囲気だったし」

「そんなこと誰もいってませんよ」

ぞ」
先頭を歩く宗武が歩調を緩めた。「ふたりとも、そう緊張するな。地蔵まで戻った
四人はまた小さな祠の周りに集まった。誰もが途方に暮れたように辺りを見まわす。
艘崎がささやいた。「さてと。どうしたもんかな……」
宗武がいった。「地蔵を起点にして、どこかの方角に隠したんだとすると、ほかに
もうひとつ目印が必要になるな」
李奈はふと思いつき、スマホの画面をタップした。分度器アプリを起動する。実用
サイズの分度器が表示された。「これで角度を簡単に測れます。お地蔵様の正面から、
何度か右もしくは左。岡田さんがそう決めていたとしたら……」
飯星が唸《うな》った。「お手上げだ。岡田さんが白状しないかぎりわかるはずがない」
宗武も頭を掻きむしった。「語呂《ご ろ》合わせだったとしても、シールに書いて貼ってあ
るわけじゃないしな」
岡田は地蔵が目印だといった。起点は正面にするのが自然に思える。そこから水平
方向へ、あるきまった角度だけずれた先に、貴重な物を隠す。逃亡中は手ぶらでいた
いだろうが、またここを訪ねたとき、取りかえせるようにしておきたいとも願う。よ
って角度の数値は忘れにくいものにしたうえで、まちがいなく計測できることが重要

だ。けれども四十五度や九十度ではわかりやすすぎる。分度器アプリがあれば、何度でも測れるのはたしかだが、万一スマホがなくても、隠した場所がわかるようにしておくのではないか。

　ふとひとつの考えが脳裏をかすめる。李奈は一同にきいた。「どなたか、いま本を持っていませんか」

　飯星がジャケットのポケットから、泥だらけの文庫をひっぱりだした。「持ってるよ。読むのは難しいかもな。こんなありさまだし、だいいち暗い」

「だいじょうぶです。編集者二名と作家二名、出版関係者四名がいて、本を持ってる確率を知りたかっただけですから」

「どういう意味だい？」

「岡田さんは編集者です。出版関係者なら本を持ち歩く可能性も高そうだと……。カバンのなかに一冊ぐらいは入ってたりするでしょう」

　宗武が真顔になった。「まさか、あれか。三十二・五度？」

「ありうる」艘崎がうなずいた。「私も目印から任意の角度をきめるとなったら、同じことを考えつくかもしれん。一般には知られてないのがいい」

「同感だ」宗武も真顔になった。「どんな本を持ってようが、三十二・五度だけは正確に測れるからな」

李奈はスマホを水平にし、地蔵の額にあてがった。正面から三十二・五度、ひとまず左へ進んでみることにする。これでまちがっていたら、今度は右に三十二・五度を試すべきだ。

一行がそちらへ歩きだすと、飯星が戸惑いがちにたずねた。「なんですか、三十二・五度って？」

艘崎が歩きながら答えた。「本を開いたとき、小口の端は紙が階段状に、斜めになるでしょう。どんな本でもあれは数理上、三十二・五度になるんです」

「ほんとに？」飯星が歩調を合わせつつ、スマホに分度器アプリを表示し、文庫本にあてがった。

宗武がつづけた。「どんな本だろうと一冊持ってれば、確実に三十二・五度を導きだせる。もちろん本がゴワついていなくて、水平にきちんと開ききるのが条件だ」

李奈は意見を口にした。「お地蔵様から遠ければ遠いほど、角度の微妙なずれが問題になってきますけど、ごく近くならそのかぎりではありません」

「そうだ。だからきっと近くに埋めてるんだろう」

飯星が興奮ぎみの声を発した。「ほんとだ！　この文庫でも三十二・五度になる。

なるほどな……。本一冊で正確に導きだせる、秘密の角度か」

ふいに宗武が足をとめた。李奈もなんらかの気配を感じ、その場に静止した。

顔をあげた飯星が眉《まゆ》をひそめた。「なんでとまる？」

「しっ」艘崎が静寂をうながした。

行く手に大きく黒々とした影が、うっすらと浮かんで見える。しかも少しずつ動いていた。低く唸るような声がきこえてくる。「グルルルル……」

四人は文字どおり、揃ってすくみあがった。

総毛立つという表現を、李奈は小説で使わないようにしてきた。あまりに大げさに思えるからだ。しかしいま李奈はまさしく恐怖により、身体じゅうの毛が逆立つのをおぼえていた。自覚しないうちに口が開き、悲鳴を発しようとするものの、声をあげることとさえできない。あるいは黙っているべき状況かもしれなかった。

だが飯星が絶叫した。「うわー！」

黒い影が立ちあがった。熊は巨体を誇っていた。前肢《まえあし》を振りあげ、いまにも襲いかかろうとする。宗武があわてふためき、振り向きざま李奈と飯星を両手で押し戻そうとする。だが熊は咆哮《ほうこう》とともに猛然と突進してきた。

いきなり閃光《せんこう》が走り、雷鳴が耳をつんざいた。冷たい手で心臓をひとつかみされた、そう書いてあったのは、コナン・ドイルのどの短編だったろうか。李奈ははっきりその感触を体内に味わった。たちまち血液が凝結し、鼓動がとまってしまいそうだ。

しかし稲光と雷鳴に驚いたのは、熊も同じらしかった。黒い影がたちまち進路を変え、木立のなかへ逃走していく。

なおも恐怖が尾を引いた。辺りをまた閃光が照らし、轟音《ごうおん》が大地を揺るがす。李奈が茫然《ぼうぜん》としていると、艘崎が手にしたスマホの画面をタップした。光も音もやんだ。

震えあがるばかりの三名に対し、艘崎が澄まし顔でいった。「ベアーベル、熊よけ鈴アプリ。鈴を持っていなくても同じ音を鳴らせるし、稲光と雷鳴のセットも可能」

李奈は心の底から安堵《あんど》し、涙がでるほどの喜びを感じた。「艘崎さん！　編集者という職業のなかに、頼りになる人が本当にいたんですね。いま身をもって知りました」

飯星も艘崎にすがりつかんばかりだった。「僕もです！　一生ついていきますと誓いたくなるほどです」

宗武は不服そうな顔になったが、まだ恐怖が醒《さ》めやらないらしく、ぎこちない声を絞りだした。「べ、ベアーベルか。いい判断だ、艘崎。たしかにその、こういう場では有効だった」

艘崎はスマホライトで、さっき熊がいた地面を照らした。「私たちの進路を塞《ふさ》ぐようにうずくまってたな。あんなところでなにを……」

四人全員が絶句した。地面が浅く掘り起こされ、自然とは異なる物が露出している。埋められたポリ袋が破れ、SDカードやUSBメモリーらしき物が散らばっていた。

一瞬にして心が躍った。四人がその場に駆け寄った。ポリ袋にはひとかけらの食料も入っていないが、異質な物が埋めてあるのを、熊は敏感に察知したのかもしれない。

宗武は立ちどまるや足もとを照らした。とたんに沈みきったささやきを漏らした。

「駄目だ……」

李奈も慄然《りつぜん》とせざるをえなかった。散乱するのはSDカードやUSBメモリーではない、それらの残骸《ざんがい》と破片だった。見るかぎりひとつとして原形を留《とど》めていなかった。

13

四人はクルマでアパートに戻った。夜十時近い。飯星は急いで自室のシャワーを浴び、身ぎれいになったうえで、清潔なワイシャツとスラックス姿で現れた。まだドライヤーで髪を乾かしていなかった。けれども誰ひとりそれについて話さず、ただ部屋の真んなかに集まり、フローリングに座りこんでいた。

ビニールシートが敷かれ、SDカードやUSBメモリーの無数の破片が載せられている。どれだけ眺めてもため息しかでない。李奈は陰鬱《いんうつ》な気分に浸りきっていた。周りの三人は揃って暗い顔をしている。自分も同じ表情だろうと李奈は思った。

艘崎がつぶやいた。「ぜんぶ破壊されてるな」

ポリ袋の中身を丹念に調べたが、SDカードやUSBメモリー以外には、なにも入っていなかったとわかる。とりわけ餌になる食料の類《たぐ》いは、かけらすら見つからない。においもなにも付着していない。熊がポリ袋を掘り起こしたのは、人為的にそうさせられるものではなく、まったくの偶然と考えるべきだった。すなわち原稿の消失は岡田の意図したことではない。

飯星はまだ雫《しずく》の滴る頭髪を両手で抱えた。「ああ……。あれを最初から書き直せといわれても困る。すべては思いだせないし、なにより途方もない労力が……」

宗武がいつしかスマホをいじりだしていた。ふいに目を光らせた宗武が声を張った。「おい！　熊よけ鈴アプリは、まだ遠くに熊がいるときに有効と書いてあるぞ。目の前に立ち塞がられたときには、かえって熊を興奮させて危ないとさ」

艘崎の対処がまちがっていたと指摘したいらしい。だが飯星がしらけぎみにきいた。

「だからなんです？」

「いや……」宗武はそそくさとスマホをしまいこんだ。「運がよかった。今度からは大きな音を立てるんじゃなく、穏やかに話しかけながら、木陰にゆっくり移動しよう。あれだな、童謡と同じく、杉浦さんが歌うのがいいかもしれんな」

室内はしんと静まりかえった。場ちがいなジョークに誰も笑わない。飯星が物憂げにつぶやいた。「嘆いていても始まらないか。また一ページ目から書くしかない。前ほどの出来になるかどうかわからないが」

李奈は飯星にきいた。「締め切りはきまってたんですか」

宗武が口を挟んだ。「もちろんだ。もう印刷所を押さえてあった。遠からず入稿し、初校と再校のゲラを経て、冬になる前に書店に並ぶ予定だった。正直なところ書き直しなんて困る。発売が来年にずれこんだら大損害だ」

艘崎の視線があがった。机の上に置かれたノートパソコンを眺め、艘崎がたずねる口調でいった。「HDDは初期化されただけで、壊されてはいないんだろ？」

「ええ」飯星がうなずいた。「そうですけど、単なるファイル削除じゃなく、完全初期化なので……。スマホで検索してみたら、インデックスを消すだけでデータ本体が残っているとか、そんな状況じゃないみたいで。0《ゼロ》クリアしたのと同じだとか」

「本当にデータそのものが消去されちまったわけか。ならレジュレクシオンに頼むべきでは？」

宗武が顔をしかめた。「予算がかかる」

半ば呆《あき》れたような顔で艘崎が語りかけた。「宗武。俺がおまえの立場なら、まちがいなくノートパソコンをレジュレクシオンに持ちこむ。今夜のうちにな。レジュレクシオンは年中無休、二十四時間営業で緊急対応が可能だ」

飯星が当惑のいろを浮かべた。「レジュレクシオンって？」

李奈は記憶のページを繰った。「ビジネス書で読みました。竹芝《たけしば》にあるデータ復元専門の会社です。0クリアしたHDDでも、分解したうえで残留磁気を慎重に読みとり、消えたファイルを蘇《よみがえ》らせるそうです」

「それは」飯星の顔が輝きだした。「宗武さん。ぜひそうしてほしい！」

宗武の表情に渋みが増した。「顧客は法人ばかりで、重要な企業秘密の復元を専門にする会社だよ。作家のノートパソコンから小説の原稿を復元させるなんて……。依頼だけでがっぽり、成功報酬にまたがっぽりだぞ。うまくいかなくても依頼料は戻ってこない」

艘崎が苛立《いらだ》ちをあらわにした。「飯星佑一の新刊ならベストセラーまちがいなしだろ。『涙よ海になれ』の半分のヒットでも、巨額の収益が期待できるんだぞ。なぜ二の足を踏む？」

おそらく宗武という人物は案外、ビジネスマンとして冷静なところがあるのだろう。李奈はそう思った。

出版は水ものだ。ある作家がミリオンセラーを記録しても、その続編ないし次回作が、数万部の初版を捌《さば》けずに終わることはめずらしくない。映画の興行なら、続編は一作目の七掛けか八掛け、むかしからそういわれてきた。けれども小説の場合はそこまで楽観が許されない。

飯星佑一の新作なら、並みの作家より売れるのは確実だろうが、『涙よ海になれ』ブームの再来は難しい。宗武はそのことを理解しているらしい。レジュレクシオンに払う費用で、さすがに赤字になるとは思えないものの、できるだけ財布の紐《ひも》を固く締めるつもりのようだ。

艘崎にしても、あたかも良心にしたがって助言しているような口ぶりだが、本音では鳳雛社の出費増大を望んでいるのかもしれない。実際レジュレクシオンという選択が最良かどうか、李奈にも判断がつきかねた。それでも発売時期を遅らせたくないと宗武が望めば、ほかにとるべき手段はないだろう、そうも思えてくる。

飯星が立ちあがり机に歩み寄った。ノートパソコンを抱えあげると、飯星は宗武を振りかえった。「僕が持って行きます。早ければ早いほどいいはずです。深夜も緊急対応してくれる窓口があるなら、いますぐでかけます」

宗武は腕組みをした。眉間《みけん》に皺《しわ》を寄せ、低く唸《うな》ったのち、宗武は仕方なさそうに告げた。「わかった。電話してみる」

武蔵五日市駅からの上りは、まだ時間的に余裕があった。立川《たちかわ》で東京行きの快速に乗り換えたのち、ゆりかもめ線で竹芝駅へ行ける。

四人はまたランドクルーザーに乗り、闇夜の山道を下っていた。さっきとのちがいは、飯星が泥だらけでなくなったことと、カバンにおさめたノートパソコンだった。

宗武の問い合わせに対し、レジュレクシオンの夜間担当者は、即日対応可能と返事してきた。武蔵五日市駅のロータリーに着くと、飯星は降車間際に、宗武にも一緒に来てほしいと頼んだ。しかし宗武は、岡田がいつ帰ってくるかわからないから家にいなければ、そういった。艘崎が同行を申しでると、宗武が猛反対した。

飯星が不安とともに駅へ向かうのを見送りながら、これからどうなるのだろうかと李奈は案じた。宗武や飯星、アパート管理人の稲葉が被害届をだせば、岡田の逮捕もありうる。原稿データの消失は、予期せぬ熊の襲撃に由来するため、けっして岡田が意図したことではない。いまこうしてレジュレクシオンによるデータ復元に賭けねばならない状況も、まったくの偶然に発生したことだ。現時点でのできごとすら流動的なのだから、今後のことなど推測しようにも、まるで不可能だった。

　宗武がクルマを発進させ、駅前を離れようとしたとき、スマホの着信音が鳴った。ブルートゥースでダッシュボードのスピーカーにつながる。宗武が車内の通話ボタンを押した。「はい」

　妻の志津恵の声がスピーカーからきこえてきた。「松原さんがおいでになってます」

「松原さん？」宗武が問いかけた。「市議会議員の？　こんな時間にか？」

「ずっとうちでお待ちになってたんですよ。約束があったとかで。ほかに白濱瑠璃《しらはまるり》という作家さんも……」

「ああ！　そうだった。すっかり忘れてた。もう遅いし、いったん帰ってもらってくれ」

「……わたしからいうのはちょっと」

「だな……。わかった。いますぐ帰る」宗武は通話を切ると舌打ちした。「束《つか》見本の検討を片付けようと思ってたのに、まったく大忙しだ」

後部座席で艘崎が窓の外を眺めた。「敏腕編集者さんには余裕だろ。忙殺されたりはしないよな」

胸のざわつきがおさまらない。李奈はそわそわしながら助手席に身をあずけるしかなかった。岡田がすなおに罪を認め、一方HDDの原稿データも復元に至れば、すべては丸くおさまる。けれどもそんなにうまくいくだろうか。嫌な予感がしてならない。

14

宗武家に帰る三人は敗残兵のようなありさまだった。敷地内に数台のクルマが停まっている。一台はセダン、ほかにミニバンが二台。玄関を開けると、やたら賑《にぎ》やかな出迎えがあった。

とはいえ歓迎しているわけではない。宗武の妻の志津恵と、娘の鞠乃は迷惑顔で、来客ふたりを紹介した。ひとりは眼鏡をかけた五十代で、髪をきちんと七三に分け、スーツにも皺ひとつない。昼間すれちがった選挙カーに、この顔のポスターが貼りつけてあった、李奈はそのことを思いだした。

松原は怒りを隠そうともしていなかった。「宗武さん！　きょうは夕方からお会いする約束……」

「あー」宗武は声高に遮った。「すみません。いろいろ緊急の用件がありましてね」

もうひとりの来客は、李奈と同じぐらいの歳の女性だった。小柄の痩身《そうしん》でブラウスとニットベスト姿、ヘアスタイルはショートボブというよりおかっぱ頭と呼ぶべき、黒々とした髪の素朴さ。丸顔だがどこか暗い雰囲気を漂わせる。内気なのかなかなか喋《しゃべ》りだそうとしない。それでも宗武が目を向けると、女性は口を開きかけた。表情はあきらかに不満げだった。

ところが女性が発言するより早く、奥から稲葉が飛びだしてきて、猛然と抗議しだした。「宗武さん！　小説家版トキワ荘の件、今晩のうちにあるていどの目処《めど》をきかせてもらいたい」

松原と稲葉が興奮ぎみに声を張るなか、女性ひとりだけが気圧《けお》されたようすで、発言を控えている。それでも三人とも宗武にクレームをいれにきたことは明白だった。

李奈と宗武、艘崎はまだ靴脱ぎ場に立っていた。宗武がようやく靴を脱ぎ、来客たちを押しのけるようにして、廊下を進みだした。頭を掻《か》きながら宗武がいった。「みなさん、夜も更けてきたことだし、ご飯は？　まだなら用意させます。志津恵？」

志津恵が尖《とが》った目で夫を見かえした。「あり合わせだけど、ちゃんと人数ぶんの食事はできてる……。でもわたしと鞠乃もまってたのよ。連絡も寄越さずになに？」

「わかったわかった、悪かったといえばいいんだろ」

「お医者さんの萩原先生、さっきまでいたんだけど、さすがに遅すぎるから帰るって。だからご飯はひとりぶん多くあるの」

「ならそのぶんを分割して、みんなの飯を少しずつ増やしてくれ。満腹になれば落ち着いて話し合いもできる」

稲葉が嚙《か》みついた。「そうなる前に眠くなるのを狙ってるんじゃないですか？　きょうはお開きといわれても帰りませんからね」

松原も宗武を逃がすまいと立ち塞《ふさ》がった。「私は明日《あした》ゆっくり休みたい。だからどうあってもきょうじゅうに話をつけておく必要があります」

宗武の顔はさすがにこわばっていた。松原のわきをするりと抜けた宗武が、廊下を足ばやに突き進んだ。「志津恵、食事だ食事。私はあとで行くから、みんな先に始めてもらってくれ」

全員がぞろぞろと宗武を追いかける構図になった。李奈と艘崎もあわてて靴を脱ぎ、一同につづかざるをえなかった。

階段を上り二階へ行く。襖《ふすま》の向こうは書斎だった。本棚に入りきらない書物が畳の上を埋め尽くしている。八畳の半分ほどは絨毯《じゅうたん》が敷かれ、机と椅子が据えてあった。

松原が語気を強めた。「宗武さん！　先に始めろとおっしゃったが、私は宴会に来たんじゃないんですよ。ここでぐずぐずしてないで、いますぐ一緒に下りてくださ
い」

宗武は机の上から本を数冊手にとった。どの本も表紙は真っ白だった。ページを繰りながら宗武がいった。「そうはいっても、済ましておくべき仕事があるんですよ」

すると松原が不審げに宗武の手もとをのぞきこんだ。眉《まゆ》をひそめ、ほかの本を手にとる。松原は苛立《いらだ》たしげな声を響かせた。「どれもこれも全ページが白紙だ。一字も印刷されてないじゃないか。こんな玩具《おもちゃ》で私たちを煙に巻くつもりですか？」

「煙に巻いてなんかいませんよ！　刊行予定の本すべてについて装丁を決めなきゃいけないんです。これらは束見本です」

「束見本？」

李奈は松原に説明した。「作る予定の書籍と同じ紙、同じページ数、同じ表紙でできたサンプルです。重さや寸法を把握するのが目的なので、表紙や中身は印刷されていないんです」

松原は腑《ふ》に落ちなそうな顔で見つめてきた。「そんなの必要なんですか？　見本な

んか作らなくても、総ページ数でだいたいわかるでしょう」

「そうでもないんです。少ないページ数の本でも厚みをだすために嵩《かさ》のある紙を使ったり、逆にページが多すぎるのを、薄い紙でそれなりの本の厚みに抑えたり……。いろいろ調整があるので」

艘崎が皮肉を口にした。「できるだけ短い小説を厚い紙でだせば、読書の苦手な若者に分厚い本を読みきった満足感をあたえられるとか、どっかのインタビューで間抜けなことを喋ってたな。ペテン前提にしかものを考えられないのか」

宗武が腹立たしげに吐き捨てた。「いいからおまえは帰れ。うちの晩飯にありつこうってのか？　ほかのお客さんは歓迎だが、おまえは呼んだおぼえがない。図々《ずうずう》しい奴だ」

李奈は仲裁に入った。「みなさん。宗武さんのお仕事が早く終われば、それだけ話し合いも早期実現可能かと……。ここはひとつ宗武さんのお邪魔にならないよう、ご厚意に甘えて、先にお食事をいただいてはどうでしょうか」

たちまち宗武が強気になった。「さすが杉浦さんはわかってる。さあみなさん、一階へどうぞ。私の仕事は真っ当なものですよ。働いてるフリをしてるわけじゃないんです。な？」

宗武はいきなり来客の若い女性を見つめた。女性はびくっとしたようすで、はいと小声で応じた。李奈は妙に思った。宗武はなぜこの女性に同意を求めたのだろう。

一行は渋々といったようすで廊下にでた。だが宗武が襖を閉めようとすると、稲葉がその手を押さえた。

不信感をあらわに稲葉がささやいた。「開けておいてもらえますか。ちゃんと仕事をしてるのがわかるように」

むっとした宗武だったが、勝手にしろとばかりに机に向かうと、束見本を手にしだした。しかし一行が廊下に留《とど》まったまま、書斎のなかを眺めつづけていると、宗武は顔面を紅潮させた。「見世物じゃないんだ。これが終わったら下へ行くと約束する。だからほっといてくれ」

艘崎が稲葉に助言した。「飯星先生の部屋にあったウェブカメラ、ここへ持ってきたらどうですかね。宗武がサボったり逃げだしたりしないよう、スマホで見張るってのは」

宗武が怒鳴った。「俺は室内犬か0歳児か。監視なんかご免こうむる。襖は開けておくが、極力邪魔しないでくれ。食事をご馳走《ちそう》するといってるんだ。なにを遠慮する必要がある？」

志津恵が事態の収拾を図りだした。「さあみなさん。お食事はできてます。少々遅い時間ではありますが、お待たせしたお詫《わ》びに、どうかお召しあがりください」

奥様に負担をかけるのは好ましくない、誰もがその結論に至ったらしい。一行は階段を下った。

廊下で松原が名刺を差しだしてきた。「ご挨拶《あいさつ》が遅れまして。松原と申します」

選挙カーではわかりやすく〝松原ゆきひと〟表記だったが、名刺にはあきる野市市議会議員、松原衎人《ゆきひと》と書かれている。現職の議員が再選を目指し出馬したようだ。李奈は頭をさげた。「小説家の杉浦李奈といいます」

「ああ。『マチベの試金石』で本屋大賞ノミネートの……」

疲れが吹き飛ぶひとことだった。李奈は舞いあがりながらたずねた。「ご存じなんですか⁉」

「そりゃ知ってますよ」松原が微笑した。「文芸の充実は図書館の課題のひとつですからね。噂をきいて拝読しました。描写が細やかで、田園の風景が目に浮かぶようで。ふたりが約束どおり修道院で再会できたのも感動的でした」

たしかに読んだとわかる感想だった。李奈は有頂天になった。「あきる野市に住んでいないのが残念です。住んでたら絶対に一票をお入れします」

アパート管理人の稲葉がすかさずいった。「部屋空いてますよ。ぜひ。あなたなら大歓迎です」

艘崎がつぶやいた。「飯星佑一の家賃を本来に戻して、彼女を三万にしてあげればいい」

そちらの話で盛りあがられると困る。李奈は危惧《きぐ》したが、幸いにも松原が歩きだすと、ほかの人々もつづきだした。みな志津恵の導きで和室に入っていく。

李奈も向かおうとしたとき、廊下にひとり居残っていた若い女性が声をかけてきた。「杉浦さん」

「はい？」

女性が無表情のまま会釈した。「わたし白濱瑠璃といいます」

さっきクルマのなかで、志津恵が電話で宗武に伝えた名前だ。作家だといっていた。この女性がそうだったのか。李奈はおじぎをかえした。「初めまして」

「勉強のために感想をうかがってもいいですか」

「……感想とおっしゃると？」

瑠璃はあからさまにがっかりした顔になった。「やっぱり伝えられていなかったんですね。『インタラプト』のです」

　一瞬は意味がわからなかった。だがすぐに事情を理解できた。李奈は驚きとともにきいた。「じゃ、あなたがあの原稿の……」

「原稿というより下書きです」瑠璃が仏頂面でたずねかえした。「でしょ?」

「いえ……。たしかに宗武さんはそうおっしゃいましたけど、完成原稿といって差し支《つか》えない出来だったと思います。簡潔ですし、5W1Hを伝わりやすくする工夫も随所に感じられましたし、文芸的な妙味もうまく入れこんでありました。でも……」

「ええ」瑠璃はため息をついた。「おっしゃりたいことはわかります。あれ単体では煮ても焼いても食えません。宗武さんの注文どおり、ひとまずノンフィクションとして書きましたが、そもそも岡田さんに取材してませんし」

「わたしから岡田さんに取材したうえで、あの下書きの方向性に沿うように、仮名の登場人物の小説として仕上げてくれと……。こんな依頼を受けたのは初めてです」

「了承なさったんですか」

「いいえ」李奈は声をひそめた。「とりあえず保留ということにして、真実を探りたいとは思いました。岡田さんはわたしにとって、当初の担当でもありましたし」

　瑠璃がうなずいた。「わたしもです」

「白濱さんも岡田さんが担当を?」

「よそでライトノベルを書いてたところを、鳳雛社でだしませんかと声をかけていただいたんです。でも企画がうまく通らなくて、そのうち岡田さんが上司の宗武さんに相談なさって、宗武さんが連れてきなさいといったらしくて……」

経緯はそっくりだ。李奈は問いかけた。「それで宗武さんと会ったんですね?」

「宗武さんがわたしの担当になるといいだして、岡田さんも逆らえない雰囲気になって……。でも宗武さんは、売れない作家の原稿なんか読んでくれないし、雑用ばかりまわしてくる。締め切りまでひと月しかない映画台本のノベライズとか、占い本のコラムページの原稿とか。『インタラプト』の下書きもそのひとつ」

「岡田さんに取材できないまでも、編集部のほかの人たちに話をきいたりとかは……?」

「ぜんぶわたしがやりました」瑠璃はきっぱりといった。「あの下書きにはとにかく正確を期したし、なにもかも事実のままです。岡田さんが読んだら、細かい心理描写にちがいはあっても、おおむねそのとおりだと認めるでしょう」

「本人にきいてみたいですけど……。いまは警察署なので」

瑠璃は目を丸くした。「逮捕されたんですか?　なぜ?」

どうやらきょう起きたできごとはなにも知らないらしい。李奈は困惑とともにささやいた。「逮捕ではなく任意の事情聴取ですが……」

襖《ふすま》から鞠乃が顔をのぞかせた。「杉浦さん。白濱さん。ご飯の支度ができました」

「……ありがとうございます」李奈は瑠璃とともに廊下を歩きだした。どうやら相互に知っていることを提供しあい、情報を共有しておく必要がありそうだ。

15

食事は和室の広間だった。座卓をいくつも横に並べ、まさしく宴会の様相を呈している。自家栽培の野菜がたくさん採れたらしく、料理の質も量も充分に思えた。野菜のツナマヨチーズ焼きは特に絶品だった。李奈は恐縮しながら箸《はし》を進めた。志津恵にしてみれば、夫が待たせた客に対し、後始末を押しつけられたという認識だろう。

セッティングは宴会でも、羽目を外すような人間はひとりもいなかった。酒を飲む者もいない。どちらかといえば通夜のように粛々と食事が進んだ。ときおりみなそれぞれに席を立ち、二階へ上ってはまた下りてくる。誰もが宗武のようすを見に行っている。松原や稲葉、艘崎、瑠璃、志津恵や鞠乃までが、入れ代わり立ち代わり二階に向かう。

そのうち李奈もこっそりと階段を上った。見るかぎり宗武は本当に作業に追われているようだった。束見本をもとに、発売予定の本の仕様について、詳細な指示をメールに打ちこんでいる。判型、製本様式、総ページ数、本文用紙、綴《と》じの方法、別丁扉《べっちょうとびら》の有無。刊行点数がかなり多いらしく、それらのすべてにあらゆる指定をおこなうのは、たしかに骨の折れる仕事にちがいない。本来はきょう一日がかりで、空いている時間に進めておくはずだったのだろうが、それどころではない事態が勃発《ぼっぱつ》し、いままで手をつけられなかったらしい。

大急ぎで作業を終わらせようとしているのも、まちがいなく事実に思えた。みな宗武の仕事ぶりを目にしたからか、和室広間に戻ってからは総じておとなしくなり、ただ時間が過ぎるのを待つばかりになった。

それでもなお二階へ向かう以外の理由で中座がめだった。みないちどは玄関から外にでて、また戻ってくる。稲葉が着席したとき、外になんの用があったのか、李奈は問いかけた。苦笑しながら稲葉が応じた。田舎あるあるですよ。カバンを持たない代わりに、クルマにいろんな物を置きっぱなしにしてるんで、いちいち取りに行くんです。

瑠璃もポーチを片手に帰ってきた。町田《まちだ》の実家暮らしの瑠璃は、きょう親のミニバンで来ているといった。

松原はスマホで電話するため庭先にでたようだ。艘崎は手ぶらで外から戻ってきたが、タバコを吸ってきたらしい。

もう夜十一時を過ぎている。みな食事も終わり、いよいよ宗武が下りてくるのを待つのみ、そんな時間が流れだした。

和室で李奈は松原にたずねた。「宗武さんにはどのようなお話が……?」

「いえ。お恥ずかしい話、ただ私的なことです」松原は足を崩しぎみに応じた。「このあいだ〝ちびっこ速読会〟という催しがありましてね」

「へえ。読書会じゃなく速読会ですか」

「読書感想文コンテストは多くの自治体がやってますが、私は子供の読解力向上のため、速読が鍵《かぎ》だと考えています。時間をあたえすぎると子供は気が逸《そ》れます。集中力を養わなきゃいけないんです」

「すると松原さんの主催ですか」

「いえ。企画と提案は私ですが、実際の運営は宗武さんにまかせました。なぜならうちの小三の息子が、速読に自信がありましてね。ぜひ参加させたかったので、公平で公正なルールの設定を、第三者に委《ゆだ》ねたかったんです」

宗武の娘の鞠乃は高二だ。ちびっこ速読会という名称からして参加対象ではないのだろう。ベテラン編集者の宗武がイベントを取り仕切るのは、なんらおかしいことではない。李奈はいった。「速読を公平に競うとなると、誰も読んでいない本を用意しなきゃいけませんね」

「まさしくそうなんです。すると宗武さんが、まかせてくれと自信満々になりましてね。子供向けの中編小説を、この催しのためだけに発表するというんです。それもちゃんと印刷製本して、参加者の人数ぶん用意するとね。費用は市の負担でしたが、実際そのまま書店に並べても、遜色《そんしょく》がないくらいの出来映えでしたよ。装丁も中身もね」

瑠璃がささやいた。「わたしが書いたんです」

李奈ははっとして、松原とは反対側のわきを振りかえった。瑠璃が隣に座り、ウーロン茶のグラスを口に運んでいた。

松原がうなずいた。「さっき宗武さんが戻られる前、挨拶《あいさつ》を交わして驚きましたよ。ちびっこ速読会用の小説『きびだんごのタンゴ』をお書きになった白濱瑠璃先生だったとは」

「先生だなんて」瑠璃は醒《さ》めた表情ながら、まんざらでもない口調でいった。「どうせ暇なばかりの下請けライター扱い。お金にもならないのに二週間で書けなんて」

するとと松原が申しわけなさそうな顔になった。「労働の正当な対価が支払われていないとは遺憾ですね。費用は全額、市の負担です。私からも抗議しておきましょう」

「いいです。松原さんがここに来たのは、ほかに苦情があったんでしょう？」

「まさしく」松原が咳《せき》ばらいをした。「うちの息子には、とにかく速読を鍛えさせてきました。きっと優勝すると思ってたんです。自慢の息子がちびっこ速読会に優勝、父親の私も再選して図書館を充実させる。松原家の栄光ここにあり。そうなること請け合いでした」

ジョークとして聞き流したいところだが、どうも松原の表情を見ていると、かなりの部分で本気らしい。常識人に見えて、じつは本質的にずれているところがある、少々痛い人柄だろうか。李奈は松原にたずねた。「なにか番狂わせが起きたんですか」

「そうなんですよ！」松原はふいに興奮しだした。「啓太《けいた》は……うちの息子は、ちびっこ速読会の会場でも、とにかく速く読んでいました。ページの進みぐあいが、ほかの子と段ちがいだったんです。ところが同じ学校の、なんというか、あまり本を読まなそうな男の子が猛然と追いあげて……」

「その子が先に読了したんですか。でもちゃんと読んだかどうかはわかりませんよね」

「読み終えた子から順に、内容にまつわる設問が二十、筆記形式で出題されるルールでした。事前に誰も読む機会のなかった小説ですし、完読しなければ設問にすべて正解するのは不可能です。ところがその男の子は全問正解したんですよ」

「なら読んだとしか……」

「それがおかしいんです！　うちの啓太はまだ三ページを残していました。それでも周りの子たちと比較し、ダントツの速さでした」松原は李奈がなにもいわないうちに、片手をあげて制してきた。「いや、なにをおっしゃりたいかはわかります。徒競走でうちの子がいちばん速いはずと、だだをこねる親のようなものだとお思いでしょう」

李奈は当惑とともに瑠璃を見た。瑠璃はさばさばした態度で肩をすくめた。外国人のようにクールな反応だった。本気で取り合わなくていい、素振りでそうしめしている。

松原は力説した。「優勝した子の父親は市内に数少ない、老舗《しにせ》書店のひとつを経営しています。東急ストアの文教堂さんよりはずっと小さいのですが、宗武さんは仲良くなさっています。あとでわかったのですが、その子はそれなりの読書好きではあるようです。しかし宗武さんは、書店の店主さんに忖度《そんたく》したにちがいないと、私はみています」

馬鹿馬鹿しい。同席する稲葉や艘崎の顔にはそう書いてあった。李奈も苦笑いするしかなかったが、松原が本気の目つきで睨《にら》みつけるため、軽口はいっさい叩《たた》けなくなった。

李奈は慎重に言葉を選んだ。「その書店経営者さんの息子さんが、事前に本を読んでいたか、設問の答えを教えてもらっていたと……?」

「ええ」松原は大きくうなずいた。「きっとそうですよ。可哀想にうちの啓太はすっかり落ちこんでしまって、国語の勉強に力が入らなくなってしまったんです。子ども読書活動推進計画の充実をうったえる私としては、沽券《こけん》に関わる問題です」

瑠璃はぼそりといった。「不正はありえませんよ」

松原が目を瞬《しばたた》かせながら瑠璃を見つめた。「なぜですか」

「あの原稿は締め切り日に脱稿しました。極秘のうちにゲラのチェックを終え、鳳雛社の自費出版と同じ工程で印刷製本されたんです。宗武さんの秘密厳守の徹底ぶりは、もう異常なほどでした。どうあっても競技の公正を期すといって、わたしにも誓約書を書かせたほどです」

だが松原は納得できないとばかりに首を横に振った。「宗武さんは私にも、その過程を逐一報告なさいました。本を梱包《こんぽう》した段ボール箱も、競技の寸前までけっして開けなかったんです。でも宗武さんはきっとどこかで、印刷前の原稿かゲラの漏洩《ろうえい》を……」

瑠璃が語気を強めた。「だからありえないんですって。宗武さんは原稿もゲラも読んでません。校正作業はわたしひとりでおこなったんです。自費出版ラインにも立ち会って、印刷所にも行きました。製本後の梱包作業もわたしです。ぜんぶそうしろといわれました」

室内に沈黙が下りてきた。艘崎がひとり愉快そうに笑った。「宗武らしい。地元で幅をきかすために、作家の卵をこき使うとは」

瑠璃は憤りのいろを浮かべた。「いろいろ無理難題を押しつけられても、頑張って期待に応《こた》えようとしてきたのは、わたしの小説を出版してくれる約束があったから。でもいっこうに果たされません。何作か書いた長編はぜんぶ干されたままです」

松原は同志を見つけたとばかりに身を乗りだした。「なんとお気の毒に。宗武さんにはそういうところがあるんです。きょうはどうあっても問い詰めねばなりません」

アパート管理人の稲葉はひとりごとのようにこぼした。「市議さんも利権でしょう」

「……なにか」松原が稲葉にきいた。「おっしゃいましたか」

「いえべつに。ただ巷《ちまた》の噂では、大型書店のチェーン店が、市内に進出を図ってるそうですね。そこが独占的に本を卸せる図書館を、松原さんが増設なさる気だろうと」

一瞬言葉に詰まったようすの松原に、瑠璃は醒めたまなざしを向けた。李奈も心が冷えていくのを感じた。松原議員の熱心さは結局、大型書店の後押しを受けてのことか。

艘崎がつぶやいた。「なにもかも宗武が悪い。あいつのせいでみんなの関係がぎくしゃくしてる」

不穏な空気が室内に充満していく。宗武の妻と娘がここにいないのは幸いだった。ふたりとも料理を作っては運ぶ作業に追われ、いまはキッチンで食器洗いをしているようだ。手伝ったほうがよさそうだろうか。

李奈がそう思ったとき、電話の着信音がきこえた。固定電話らしい。はい、と志津恵の声が応答した。少々おまちください、そう告げたのち、廊下に足音がきこえた。開け放たれた襖《ふすま》の向こうを、志津恵がコードレス子機を手に横切っていく。階段の上り口に立ちどまると、志津恵は二階に声を張った。「五日市署から電話ですよ」

宗武の足音が階段を駆け下りてくる。和室にいた全員が立ちあがった。宗武と話せる機会を逃すまいと、誰もが足ばやに廊下へでていく。李奈は最後につづいた。

階段の途中で宗武は足をとめていた。「警察がなんの用だ？」

志津恵は宗武を見上げ、子機を差しだした。「岡田さんのスポーツバッグから、SDカードが一枚だけ見つかったとかなんとか」

血相を変えた宗武が駆け下りてきて、志津恵の手から子機をひったくる。はいと興奮ぎみに応じた。李奈は艘崎と目が合った。艘崎はあきれたような顔をしていた。

宗武は声を弾ませながら応答した。ええ、わかりました。すぐ行きます。そういって電話を切った。一同を見渡し宗武が声を張った。「みなさん、大事な物が無事だとわかったので、すぐ引き取らなきゃいけない。いまから五日市署へ行ってくる」

松原が苦言を呈しかけた。「宗武さん……」

「行ってすぐ戻ってくるだけです！　話し合える時間はまだ充分にある。お互い忙しい身ですが、こんな田舎では譲りあうこともたいせつでしょう。どうかご理解ください。あ、それと、杉浦さん」

「なんですか」李奈はきいた。

「さっき飯星君からラインが入った」宗武がスマホをとりだした。「彼の連絡先と、レジュレクシオン技術部の電話番号を伝えておくから。なにかあったとして、私がでられないこともありうるし、あなたのスマホ番号を先方に知らせておいてもらえないか」

「なぜわたしに……」

「艘崎みたいに信用ならない奴がいるなか、あなたは親切心と真心で行動してくれそうだ。もともと岡田のことを心配して、ここまでつきあってくれてるのだしな」

「おい」艘崎がむっとした。「私がいない今晩を夢想するのは勝手だが、それなら熊に食われてたかもしれないことを忘れるなよ」

松原は嚙《か》みついた。「宗武さん。行く前に話にケリをつけよう。それが無理だというのなら、私のクルマで五日市署まで送るから、道中協議すればいい」

瑠璃も今度は発言を控えなかった。「わたしも一緒に乗ります。ご迷惑だとおっしゃるのなら、わたしのクルマでお連れします」

アパート管理人の稲葉も声をあげた。「私がクルマをだしましょう。運転しますから、みなさんも好きなだけ宗武さんと意見交換してください。むろん私も参戦させてもらいます。アパートの今後についてご回答いただかないと」

宗武は強引に包囲網を破り、玄関へと突き進んだ。「お三方ともご厚意はありがたいが、私はいまビジネスに関わる重大な問題を解決しようとしてる。終わったらじっくり腰を据えて話し合いに応じますので、いましばらくお待ちを」

追いかける艘崎と松原、稲葉、瑠璃がさかんに抗議するが、宗武は歩を速めた。玄関で靴を履くと、さっさと外に消えていく。

一同の顔に諦《あきら》めのいろが浮かんだ。小競り合いが長引いたのでは、かえって話す機会が失われる。宗武が深夜を理由に、協議を持ち越しにしようとしているのは、誰の目にもあきらかだった。そうさせないためには、一刻も早く帰れるよう計らうしかない。

宗武がランドクルーザーに乗りこんだ。エンジン始動とともにヘッドライトが灯《とも》る。みな不満顔で見送る以外にない。志津恵と鞠乃の母娘はただ当惑をしめしていた。

李奈のスマホが短く震えた。画面を観ると宗武からのSMSが入っていた。車内から送ったらしい。さっき宗武がいったとおり、飯星とレジュレクシオン技術部の電話番号だった。思わずため息が漏れる。都心との連絡役も押しつけられてしまった。

ランドクルーザーが敷地内から走りだす。やけに荒い運転だった。一時停止すら遵守せずに山道へでていく。

松原が毒づいた。「まったく。奥様や娘さんの前だから自粛したいが、少々利己的すぎると思います。たしかにビジネスマンとして優秀ではあるものの……」

ふいに艘崎が緊迫の声を発した。「まった。なんだかようすがおかしくないですか」

艘崎が見つめるのはランドクルーザーだった。山道へ折れていくも、いっこうに減速せず、そのせいでクルマは蛇行ぎみになっている。まるで暴走だった。下り坂を猛然と加速しつづける。エンジンブレーキによる制動を多少は感じさせるが、それだけではスピードが増すのを抑えられていない。

庭先にたたずむ人々は、互いに顔を見合わせた。みな言葉を失っている。誰が先陣を切るでもなく、全員がいっせいに駆けだした。山道へと走りでて、ランドクルーザーを必死に追いかける。クルマで追跡すべきなのはわかっていたが、いまは一秒も早く、宗武の運転を目でたしかめたいばかりだった。あの加速度やステアリングのブレぐあいは、どう考えても異常だ。しかもクラクションまで鳴り響いているではないか。

李奈が一同とともに路上に達したとき、下り坂の果てにテールランプが見えた。ランドクルーザーは速度がありすぎて、左右にうねる道路に対応しきれず、さかんに車体側面をガードレールにこすりつけている。摩擦で火花が散った。その行く手は大きくカーブしていた。

ほんの一瞬のできごとだった。弾《はじ》けるような音とともに、ランドクルーザーはガードレールを突き破り、闇の宙空へと飛びだした。

甲高い悲鳴は、妻の志津恵か娘の鞠乃か、あるいは瑠璃か。自分の叫びかもしれないと李奈は思った。誰もが愕然《がくぜん》と立ちすくんだ。車体が落下した衝撃だろう、縦揺れの震動がいちど襲った。鳥の群れがいっせいに飛び立ち、無数の鳴き声がこだました。だがそれもすぐにフェードアウトし、谷底を流れる川に生じる水流の音だけが、やけに耳障りに響き渡った。

16

太陽はもう高いところに昇っているが、陽射しは遮られ脆《もろ》かった。夜明けからずっと上空を厚い雲が覆いつづける。

李奈は河川敷のごつごつとした岩場に立っていた。青い鑑識課員の制服があちこちに分散している。川の水流はかなりの勢いがあった。わりと深さがあることも、ひっくりかえったランドクルーザーの沈みぐあいから見てとれる。

車体は底部を上に向けた状態で、フロント方向に傾いていた。天井が潰《つぶ》れていないのは、さすが頑丈なSUVといえる。けれども運転席側のドアが外れている。エアバッグの作動した痕跡《こんせき》があり、シートベルトもロック状態だったが、ドライバーの宗武の姿はなかった。

私服と制服の警察官も辺りをうろつきまわる。さっき刑事が話していた。崖《がけ》から落ちた衝撃で、宗武は座席を滑り落ちるかたちで、シートベルトを下方へすり抜ける、いわゆるサブマリン現象が起きてしまった。壊れたドアから車外に放りだされ、急流に呑《の》まれたのだろうと推察される。

山道の傾斜をかなり下ったところで、ガードレールを突き破ったため、谷底までの距離は十メートル以内だった。それでも充分に高い。現場の惨状を眺めるかぎり、助かる見込みのない事故に思えるが、刑事によれば最近のクルマの安全対策は進歩が著しく、運がよければ軽傷で済むという。けれどもそれはシートベルトが全身を的確に支えた場合にかぎるらしい。車外に放りだされ、しかも川に流され、近くに見あたらないとなれば、もう絶望的としかいいようがない……。刑事は宗武の妻子がいない場所で、ほかの一同にそう告げた。

自力で脱出し避難した可能性はないのか。しかしそれなら誰かに連絡をとるか、あるいは目につく場所に倒れているだろう。警察が半径数キロ圏内を捜索したが、宗武が川からあがった形跡は皆無だという。すなわち事故後まだ意識があったとしても、急流に逆らえず、かなり下流まで一気に押し流されたと考えられる。李奈は鑑識課員らの立ち話を耳にした。たぶん一両日中に遺体が発見される。二十三区内から川崎《かわさき》、多摩川のかなり下流で。彼らはそんなことを口にしていた。

朝からずっと志津恵と鞠乃の泣きじゃくる声が、渓谷に反響しつづけた。ふたりは刑事らに付き添われ家へ戻った。いまもふたりの嗚咽《おえつ》が耳にこびりついて離れない。

さっきまで松原議員が刑事に、事故の詳細についてたずねていた。刑事は答えた。事件と事故の両面で捜査と発表していますがね、事件の可能性が濃厚です。

五日市署は宗武に呼びだしの電話などかけていなかった。通話記録によれば何者かが、公衆電話から宗武家にかけたらしい。

ブレーキホースの左右ともに穴を開けた痕《あと》が認められた。しかも穴はまだ新しかった。李奈はクルマに詳しくないが、ブレーキがきかなくなったうえ、警告灯が点《つ》かない細工も施してあったようだ。いずれもやり方がネットの動画に上がっていて、素人でも難なくこなせるという。クルマのキーを解錠する必要はなく、車体下に潜りこんで、タイヤまわりをいじるだけで済ませられるとのことだった。

宗武の運転はもともと荒く、特に発進時はいきなりアクセルペダルを強く踏む癖があった。犯人は宗武のそんな癖を知っていたのだろう。敷地をでてからの車道は下り坂で、しかもどんどん勾配《こうばい》が急になる。刑事の説明では、ギアを落としてエンジンブレーキとサイドブレーキに頼っても、最初に急加速していればスピードが落ちきらないという。たしかに昨夜目にした事故の状況はそうだった。宗武が途中で車外に脱出できず、クルマごとダイブしてしまったのも、まぎれもない事実だった。

坂道には街頭監視カメラがあった。事故の一部始終が克明にとらえられている、刑事がそう話した。運転席の宗武はあきらかに動揺し、クルマを制御できずにパニックを起こしていた、交通事故鑑定人がそのように断言できるレベルらしい。脱出などまったく不可能で、乗ったまま谷底へ転落していった。殺人以外のなにものでもないと警察はみているようだ。

昨晩、李奈たちが宗武の運転で家に帰るまでは、ブレーキに異常はなかった。全員が食事をとったのち、宗武がまたランドクルーザーに乗るまでのあいだに、誰かが細工したにちがいない。

家にいた者はみな、ずっと和室広間に留《とど》まっていたわけではない。それぞれが庭先へせわしなく出入りした。誰が何時何分に、どれぐらいのあいだ外にいたか、正確なところはわからない。しかし外にでた全員がランドクルーザーに細工できただろう。ゆえにひとりずつ警察の取り調べを受けている。李奈もさっき崖の上に停まったパトカーで事情聴取に応じた。李奈はいちども庭先にでなかったためか、早々に解放された。ほかの人々はまだこの川辺に戻ってきていない。

　ヘリの爆音が響く。上空を旋回する機体が見える。テレビ局か新聞社のヘリと思われた。夜が明けたのちの空撮映像を、けさ早く宗武家のテレビで目にした。行方不明になっているのは、都内勤務の五十代の会社員、ニュースではそれだけが伝えられた。

　河川敷をスーツの男性が近づいてくる。おっかなびっくりの足どりに、刑事でないのは一目瞭然《いちもくりょうぜん》だった。白髪頭で年齢は六十前後、瓶底のような眼鏡に細面、痩《や》せた身体つき。

　近くまで来ると、前に会ったことのある人物だとわかった。李奈は声をかけた。

「齋木さん」

「どうも」齋木章裕編集長がおじぎをした。

　以前に顔を合わせたのは鳳雛社の編集部内だった。『インタラプト』の下書きについて真相を確認するため、李奈は関係者の話をきいてまわった。齋木は下書きの内容が事実に忠実だと認めた。

　李奈は頭をさげた。「わざわざこちらにまで……」

「一大事ですからね」齋木はハンカチで額を拭《ふ》いた。「うちの社長が五日市署と密に連絡をとってます。いまのところ宗武について、実名の公表も控えてもらっていまして」

「警察がそれを了承してくれたんでしょうか」

「『ナミウミ』の作者の担当編集で、それなりに知られた名でもあるので、伏せておいたほうがマスコミの殺到を避けられるだろうと……。署員のほうも納得したみたいです」

実名報道になるか否かは、こんな理由で結果が二分されるのかもしれない。事実として川沿いや宗武家周辺には規制線が張られているが、せいぜい空撮のヘリが飛ぶぐらいで、ほかに報道陣が押しかけているようすもない。

齋木が弱々しくいった。「多摩川を下流域まで広範囲に捜索するそうですが、見つかるでしょうか」

李奈はただ思いのままを告げた。「無事でいることを祈らずにはいられません……」

「ですね」齋木がため息をついた。「けさここに来る前、竹芝のレジュレクシオンに寄ってきました。待合室で飯星先生が眠そうにしてましたよ」

「ええ。わたしも電話で話しました。午前零時半ごろに着いてから、ずっと社内に釘《くぎ》付《づ》けですね。ＨＤＤの復元にあたり、随時パスワードの入力を求められたり、身分証による本人確認が必要になったりで」

「彼にはまだ事件のことを伝えてないんです……。伝えられなかったというべきでしょうか。疲れきった顔で、原稿が戻れば宗武さんを喜ばせられると、飯星先生はそればかりおっしゃるものですから」

李奈も同じだった。HDD復元の進捗《しんちょく》状況について、飯星から何度も電話があったものの、事件に関しては言及できなかった。午前四時の時点では、彼はニュースもまだ観ていなかったようだ。

齋木が李奈を見つめてきた。「私はこれから岡田を迎えに署へ行きます」

「岡田さんは……。ひと晩じゅう署内にいたんでしょうか」

「署員がそのようにいっていました。帰る場所がないというので保護したと。岡田も知らせをきいてショックを受けているようだと」

李奈はぼんやりと虚空を眺めた。「誰かが岡田さんの仕業に見せかけようとしたんじゃ……」

「なんですか」

「いいえ。岡田さんが宗武さんを恨んでて、しかも家の近くに潜伏してることを知ってる誰かが、濡《ぬ》れ衣《ぎぬ》を着せようとしたのではと思ったんです。ところが偶然にも昨夜、岡田さんが署に任意同行されてしまって、他人の犯行なのがあきらかになったと考えられます」

齋木がうろたえる反応をしめした。「ミステリですなぁ。杉浦先生の直感は怖いとうかがっています。岩崎翔吾の素顔を突きとめるぐらいですから」

「そんなことは……。こういうときには、素人探偵の主人公がいちばん怪しいですよね。ミステリ小説ならじつはわたしが犯人って結末が多くて」

「とんでもない。うちの会社は推理物をあまりだしませんので、私も詳しくないですが、多いのは被害者の狂言じゃないですか？」

「亡くなったとみせかけて生きているとか？」

たしかに『インタラプト』の結末を考えれば、クライマックスに最適のできごとかもしれない。

岡田の視点で書かれた『インタラプト』。後半は岡田による復讐《ふくしゅう》となれば、物語としてまとまりが生じる。岡田がランドクルーザーをいじり、宗武が川に転落して幕を閉じる。ところが実際には宗武の自作自演だったらどうだろう。でっちあげを既成事実に見せかけるため、宗武はどうしても岡田の内面を描写した本を出版したかった。

じつは宗武が岡田を排除すると同時に、本を売って大儲《おおもう》けするために、事件を捏造《ねつぞう》した……。

「ありえませんね」李奈は否定の根拠を口にした。「わたしたちは宗武さんがクルマに乗り、運転中にパニックを起こし、脱出しないまま崖《がけ》から落ちるのを見ました。街頭監視カメラやタイヤ痕《こん》、車両を調べた警察も同意見です。事前にはまったく予想していなかった悲劇のはずです」

「ええ。きっとそうでしょう」齋木が困惑をしめした。「失言でした。そのう、さっきまでは小説になぞらえた会話でしたので、うっかりそんな戯言《ざれごと》を……。宗武にも失礼だったと思います。無事でいることを心から願っています。もちろん狂言とかじゃなく、被害に遭ったのは事実だけれども、そのうえで助かっていることを祈っているという意味です」

必死に蛇足ぎみの弁解を連ねる。本を売るために手段を選ばない宗武副編に対し、齋木編集長はいつもこんな調子で、各方面への説明に追われてきたのかもしれない。ただし宗武狂言説を真っ先に口にしたのは、たとえ本気でなかったにせよ、どうも不穏な背景を感じさせる。齋木は宗武にあまり信頼を置いていないのだろうか。

齋木が真顔になった。「警察の話では、何者かがブレーキホースに穴を開けたと……。誰の仕業でしょうか」

「宗武さんを取り巻く人々を、ひととおり疑ってみるべきでしょう。五十音順でまず飯星佑一さん。本名は橋山将太さんですけど」

齋木がいった。「社長が飯星佑一にスキャンダルがあっては困るので、さっさと潔白を証明しろといってきました。だから彼の携帯キャリアに問い合わせたんです。昨晩、武蔵五日市駅から竹芝駅へまっすぐ向かったことが、位置情報から確認できました。以後はずっとレジュレクシオン社内です」

「でしょうね。武蔵五日市駅からこっそり引きかえしてきて、ランドクルーザーに細工していたら、午前零時半すぎに竹芝にいられるはずがありません。竹芝まで電車で二時間かかりますし、ブレーキホースに穴が開けられたのは、飯星さんの移動中ですし」

「なにより彼には動機がありません」

李奈はうなずいた。「宗武さんへの依存心全開ですからね」

「消去法で真相にたどり着ければいいんですが。五十音順で次は……?」

「稲葉昌義さん。飯星さんが部屋を借りてたアパートの管理人です。同じアパートの二階に、岡田さんも潜伏してましたけど」

「その稲葉さんというかたは、宗武となにか関係があったんですか」

「言葉は悪いですが、飯星さんを人寄せパンダにして、アパートの部屋を埋める密約があったみたいです。小説家版トキワ荘として大々的に入居者を募集しようとしてたらしくて。でも宗武さんは飯星さんを説き伏せる自信がなかったのか、どこか気まぐれで、返事を濁したままだったそうです」

「それで稲葉さんが不利益をこうむるようなことが……?」

「ええ。融資が切れつつあるといってました。小説家版トキワ荘を、アパート経営の頼みの綱としてたみたいです。稲葉さんは宗武さんに腹を立ててました」

「クルマに細工するチャンスはあったんですか」

「家にいて、ひとり庭先にでていましたから、可能だとは思います。ただ宗武さんが亡くなってしまった場合、アパートの経営も破綻《はたん》でしょう。命を奪おうとするとは考えにくいですが……」

「頭に血が上って、冷静な判断ができなくなっていたとか?」

「そこまで短気な人には思えません。宗武さんには苛立《いらだ》っていたようですけどね。五十音順で次は白濱瑠璃さん……」

「シの前にサでしょう。私は齋木ですよ。宗武の上司だし、さっきも警察から事情をきかれました」

李奈は微笑した。「昨晩はどこに?」

「土曜だったので、妻と息子と娘、従兄《いとこ》の家族と小旅行にでかけましてね。帰りのバスが渋滞して、家に着いたのは午前零時すぎです。へとへとでしたよ」

確固たるアリバイがあるからこそ自分からいいだしたのだろう。李奈は問いかけた。

「動機はありますか」

「ないですよ! 宗武は本当に会社に貢献してくれていますし、私はもう定年です」

「白濱瑠璃さんをご存じですか?」

「ええ、宗武が紹介してくれたので。二十五歳で本名は坂巻理央《さかまきりお》。高卒で地下アイドルをやってて、大学には行ってないとか」

「地下アイドル?」

「〝ハートにお下劣〟というグループの一員だそうです。略してハトゲレ」

「売れそうにないですね……」

「そっちではどうにも出世できないので、小説家で名を揚げようとして、投稿サイトで作品を公表してたところ、岡田が声をかけたらしくて。うちが主催する文学新人賞で、最終選考まで残ったけれども、佳作には入らず。ただ宗武が目をかけて、仕事をまわしてやったので、編集部では何度か見かけました」

『『インタラプト』の下書きが彼女の手によるものだとは……?』

「さあ。それは知りませんでした。よく書けていましたよね」

「今後、彼女の小説を刊行する予定はありますか」

齋木は首を横に振った。「わかりません。正直、新刊ラインナップは宗武が辣腕《らつわん》を振るっていて、私は蚊帳《かや》の外でしてね。白濱瑠璃が正式に小説家デビューするにしても、担当は宗武になるでしょうし、私は定年間近ですから、特になんの相談もなくて当然でした」

「そうなんですか……。白濱瑠璃こと坂巻理央さんは、町田の実家住まいだそうですが、そこはまちがいありませんか」

「プライベートはいっそうわかりかねます。しかし彼女にしても、担当編集の宗武を失ったのでは、将来の希望が絶たれるのでは?」

まだ宗武との仕事に希望を感じていたかどうかによる。李奈はいった。「五十音順ですが、艘崎さんというかたはご記憶でしょうか」

齋木が笑った。「霹靂出版の艘崎編集長ですか? なるほど、彼は宗武と犬猿の仲です」

「大学が同じだったそうですが……」

「そう。そのころからのライバルでしょう。宗武は艘崎さんのことを、不倶戴天《ふぐたいてん》の敵だといってました。しかし私が見るに、あのふたりは裏をかえせば親友だったんじゃないかと」

「親友ですか?」

「認め合うところは認め合ってましたからね。出版業界に入ったのちは、艘崎さんはどちらかといえばストイック、宗武は商魂たくましいところが顕著になっていきましたから、相互に批判する材料には事欠かなかったわけです。でも刺激し合う仲だったと思いますよ」

あの口の悪さも仲のよさの裏がえし……なのだろうか。皮肉屋っぽい艘崎の発言は、冗談なのか本気なのかわからないところがある。宗武の刺々《とげとげ》しい物言いもまたしかりだった。五十代の男性が罵《のの》り合うさまは、よほどの険悪な関係と思えたが、大学生のころからああだったと思えば案外、齋木の指摘どおりかもしれない。

五十音順で次になる氏名を李奈は口にした。「医師の萩原昭輔先生はご存じですよね?」

齋木の笑顔は苦笑のいろを濃くした。「もちろんです。出版各社とつきあいが深いらしいですが、いちどだけ萩原先生からうちの会社に苦情が来たことがあります」

「苦情ですか？　どんな？」

「萩原先生はこの近くのご実家で診療所を営んでいるんです。でも宗武がやたら経営のアドバイスをしたがるらしくて。しかも患者が来ているときにね。大声で〝診断書はわかりにくく書くように。請求書だけはわかりやすく！〟と」

「ああ……。ご本人は悪気なくおっしゃってるかと。そういう人ですし」

「まさしくそうです。宗武に悪意はありません。それがいつも問題につながりますが」

萩原医師は昨晩、宗武家に寄ったものの、先に帰ったときいた。実際には急患があったらしい。警察のほうで確認がとれたという。近所に住む七十代男性が泥酔のうえ怪我をしてしまった。午後十時過ぎからけさの午前二時半まで、萩原医師はずっと診療所に詰め、患者への対処にかかりきりだった。つまりアリバイがある。

五十音順で最後になるのはマだ。李奈は齋木を見つめた。「松原裄人さんという名前におききおぼえは……？」

「はて。どっかできいたような」

「こちらの市議会議員さんなんです」

「ああ！　うちの自費出版ラインで少部数の児童書を作った件……。あれも白濱瑠璃さんが取り仕切ってましたね。商業出版じゃなかったので、私は関与してません。たしかあのときの本を、松原議員が企画した読書会に用いたとか」

「そうです。ちびっこ速読会。本の題名は『きびだんごのタンゴ』だそうです」

「宗武が束見本を片手に、印刷所にあれこれ指示をだしていたのはおぼえてます」

「へえ。宗武さんが指示を？　制作にノータッチで、本の内容も知らないとききましたが」

「中身を書いたのも編集したのも白濱瑠璃さんですが、製本となると小説家志望には困難でしょう。編集者としての専門知識がなきゃ、印刷所とのやりとりもできませんし」

「あー、そうですね。できあがった本を宗武さんは読まなかったそうですが、事実でしょうか。梱包《こんぽう》された段ボール箱も速読会の会場で、初めて開けられたとのことですが」

「宗武がそうしたというのなら、そうなんでしょう。情けない話、私は詳細を把握しておりませんで」

「速読会の結果をめぐり、松原さんが宗武さんに不満を持っていたことも……？」

「申しわけありませんが知りません。市議会議員さんも容疑者なんですか？」

「警察が調べることですけど、可能性を考えるかぎりでは……」李奈はため息とともにつぶやいた。「謎は深まるばかりですね」

齋木がふと思いついたようにいった。「謎といえば、未発売の新刊なのに、読書メーターで早々に〝読み終わった本〟の登録が一件か二件ついたりする、あれはいったいなんでしょうな？　読んだ人がいるわけないんですよ。まだゲラが私たちの手もとにある段階ですから」

「さあ……。たしかによくありますね。でも単純にまちがえてるだけじゃないでしょうか？　あるいはどうせ読むんだから、最初から〝読んだ本〟を押しておけばいいと思ってるとか」

「なるほど。さすが聡明《そうめい》な杉浦先生ですな」

「そうですか……？　べつにたいしたことでは……」

遠くから刑事が呼んだ。「齋木さん」

「はい」齋木が返事したのち、李奈に向き直った。「署へ出発するようです。行かなきゃなりません。岡田にどう声をかけたらいいか、考えるだけでも頭が痛いですが」

「お察しします……」

「ではまた。杉浦先生もどうかお気をつけて」齋木は会釈をすると、足場の悪い河川敷を怖々と歩きだした。

当初は深刻な面持ちの齋木だったが、最後には冗談めかした口調で、飄々《ひょうひょう》とした振る舞いに転じていた。宗武の安否を心底気にかけているわけではない、そんな本音が見え隠れする。定年間近だからか。部下への人間的な情は感じられなかった。会社内での上下関係にすぎないと、ドライに割りきっているのだろうか。

スマホに短い振動を感じた。李奈は画面を見た。ラインのメッセージを受信していた。飯星からだった。

無事に復元できました！　一字一句蘇《よみがえ》って感動です。これから帰ります。被害届はださなくていいと宗武さんにお伝えください。

重苦しい空気が李奈の胸中を満たしていく。スマホを持った手を振り下ろし、李奈は唇を噛《か》んだ。どう返信すればいいのだろう。早くどこかでニュースを目にしてほしい。李奈が沈黙を守り、飯星が帰ってから事実を知るようでは、あまりに気の毒だ。

17

午前十時、李奈はアパートの104号室、飯星佑一の借りている部屋にいた。鍵《かぎ》は管理人が開けてくれた。もちろんここに立ち入ることは、飯星本人が了承済みだったが、彼はまだ到着していない。いま都心からまっすぐこちらに向かっている。

管理人の稲葉のほか、警察による事情聴取が終わった艘崎、萩原医師、白濱瑠璃こと坂巻理央がいた。全員が書斎に立ち、ひとりの土下座を見下ろす構図になっている。

みなの輪の中心で土下座しているのは、さっきアパートに戻ったばかりの岡田眞博だった。ゆうべ木立のなかで地面を転げまわり、薄汚れたジャケットをいまも羽織っている。

岡田は額を床にくっつけたまま、震える声でささやいた。「このたびは……。ご迷惑をおかけしまして……」

稲葉がうんざり顔でまくしたてた。「偽名で賃貸契約して勝手に行方をくらました件なら、きちんと申し開きをきこう。でもその前に土下座をするなら、宗武さんの奥様と娘さんにだろう」

「……いったん部屋に寄ってから向かおうかと」

「部屋？」稲葉は怒りのいろを浮かべた。「誰の部屋だね？　まさかここの２０３号室じゃないだろうな。岡田さんという人に部屋を貸した事実なんかない。鍵はかえしてもらおう」

なおも床にひれ伏したままの岡田が、顔をあげずポケットをまさぐる。震える手の指先に鍵がぶら下がっていた。それをそっと前方に差しだす。なんとも哀れな光景ではある。稲葉も躊躇《ちゅうちょ》する素振りをしめしたが、情け無用と思い直したのか、憤然とした態度で鍵をひったくった。

艘崎がため息をついた。「宗武の妻子に謝るってのは、ちょっとちがうんじゃないでしょうか。この人がクルマのブレーキに細工したわけじゃないんですよ。ひと晩じゅう五日市署にいたんだから」

稲葉は腑《ふ》に落ちないようすで食ってかかった。「誰か仲間がいなかったとはいいきれません」

瑠璃が首を横に振った。「岡田さんはひとりですよ。孤立状態で味方は誰もいません……。だから単身ここの二階に潜伏してたんだし」

室内が静まりかえった。すると外の音が耳に届くようになった。タイヤが砂利を踏みしめる音がきこえる。クルマが停車したらしい。ドアの開閉音も響き渡った。足ばやに誰かがこちらに向かってくる。

李奈は書斎から短い廊下にでた。一緒に萩原医師もついてきた。すぐ靴脱ぎ場に行き当たる。しかし靴を履くまでもなく、玄関のドアが開いた。この部屋の住人が戸口に戻ってきた。

飯星は硬い顔でたたずんだ。ひと晩を竹芝のレジュレクシオンで明かし、目の下にはくまができている。昨晩でかけたときと変わらないジャケットもくたびれていた。HDDの原稿データ復元成功を喜ぶ表情はなかった。もうここで起きたことを知ったからだ。

李奈と萩原を一瞥《いちべつ》すると、飯星は靴を脱ぎ、仏頂面で廊下を突き進んだ。萩原があわてぎみに追いかけ、早口に飯星を説得した。「彼はついさっき警察署から帰ってきた。宗武さんのクルマに細工したのは彼じゃないんだ」

来客が大勢いるのは、靴脱ぎ場のようすを見ただけでわかったのだろう。飯星は猛然と書斎に向かった。李奈は萩原とともにつづいた。書斎に入るや飯星は立ちどまった。岡田が床に正座した状態で顔をあげている。飯星を目にした岡田が、もういちど土下座しようとする。

しかし頭を垂れきらないうちに、飯星が小走りに距離を詰めると、岡田の襟の後ろをつかみ、力ずくで引き立たせようとした。岡田が両手をばたつかせると、飯星は突き飛ばすように横向きに押し倒した。暴力に慣れていない男が、ただ憤りにまかせた場合、こんなふうに子供の喧嘩《けんか》っぽくなるのかもしれない。まともに殴りかかることもできず、ただ服をつかんで振りまわすばかりだった。とはいえ周りも傍観するわけにいかない。稲葉と艘崎がただちに制止に入った。飯星は激昂《げきこう》に顔面を紅潮させていた。艘崎に羽交い締めにされても、なお飯星の脚が岡田を蹴《け》ろうとする。岡田はへたりこんだまま、ただ恐縮をしめしつつ、両手で自分の身をかばうばかりだった。

艘崎が飯星に怒鳴った。「よしなさい！　ここでもうひとつ警察沙汰《ざた》を起こしてどうする。宗武だって喜ばんだろう！」

飯星の顔にはまだ怒りが留《とど》まっていたが、岡田が半泣きに見かえすに至り、胸が痛んだのかもしれない。激しく身をよじるのをやめ、うつむきながらたたずんだ。艘崎ももうだいじょうぶだと思ったらしく、そっと飯星から離れた。

萩原医師が岡田にきいた。「怪我はないかね？」

岡田は目を伏せたまま、申しわけなさそうに小さくうなずいた。

しばし誰も口をきかない時間が流れた。やがて艘崎がうながした。「立ってないで座りましょうか」

艘崎がみずからフローリングに腰を下ろす。稲葉がそれに倣うと、李奈も同じようにした。瑠璃も正座する。飯星が渋々あぐらをかいた。最後に岡田が項垂《うなだ》れながら正座した。

また沈黙が生じた。飯星はずっと岡田を睨《にら》みつけていたが、そんな自分に嫌気がさしたのか、視線を逸《そ》らしぎみになった。岡田のほうはうつむきながらも、ときおりわずかに視線をあげ、飯星や周りの目を気にかける素振りをしめした。

やがて岡田がささやくような声で李奈にきいた。「杉浦さんはなぜここに……？」

稲葉がぴしゃりといった。「あんたが質問できる立場か」

岡田はびくつきながらまた下を向いた。「すみません……」

アパート管理人の怒りはわかるが、そこまで岡田ひとりを責めるのは酷が過ぎる。李奈は穏やかに話しかけた。「岡田さん。わたしは宗武さんから、あなたを取材するよう依頼されました」

「取材……ですか？」

「了承したわけではなかったんですが、事実をたしかめたくてここに来ました。なにしろ宗武さんは、あなたの視点で書かれた小説を、わたしに出版させたがっていたので」

「どんな小説ですか」

瑠璃がスマホをとりだした。「下書き原稿のファイルならここにあります。わたしが書いたものですけど」

岡田は飯星の目を気にしつつ、及び腰にスマホを受けとった。「あのう。拝読しても……？」

みなに同意を求めている。それぞれがうなずくなか、飯星は最後まで顔をそむけていた。だがやがて岡田を一瞥すると、飯星も小さく首を縦に振った。

しばらく岡田はスマホに表示された小説を読んだ。編集者だけに目を通すのは早い。表情がみるみるうちに曇った。やがてあきらめに似た面持ちになり、岡田は深く長いため息をついた。

スマホを瑠璃にかえし、岡田はいいにくそうにつぶやいた。「宗武さんの意図はわかりました。いまの私が申し開きできることはありません。この原稿のとおりです」

李奈は岡田にたずねた。「細部にちがいはありませんか？　ある状況での心情が本当はちがっていたとか」

「もちろん実際にはいろいろ悩んだりもありましたが、ごく要約すれば、白濱さんが書いたとおりになります。私は宗武さんを恨み、あれこれ勝手な振る舞いをしました。非合法な手段でこの部屋を借りることにも躊躇しませんでした。気づけばここにいるという感じです」

稲葉が腕組みをした。「宗武さんがあんな目に遭って、ようやく頭が冷えてきたってとこかね」

飯星は感情を抑えようとする努力をのぞかせた。「私はとても冷静にはなれません。いますぐ宗武さんの捜索に参加したいぐらいです。このあとも警察の人たちに会う予定ですが、理性を保てるかどうか不安で」

艘崎が飯星を見つめた。「むやみに外を歩かないほうが……。さっき日テレやフジテレビの名物レポーターを見かけましたよ。近所をインタビューしてまわってるみたいです。著名人の飯星先生がいるとわかったら、彼らは目のいろを変えます」

「私はそこまで顔が売れてはいません」飯星は胸ポケットからとりだしたサングラスをかけた。「これならなんとかなるでしょう」

「いや、どうでしょうか……。問題は宗武が飯星先生の担当編集だということです。いろんな憶測が飛び交いだせば始末に負えなくなります」

瑠璃が神妙にいった。「みなさん、なにか感じません？　この場はきっと重要ですよ」

「重要？」飯星がサングラスを外した。

「ええ」瑠璃は李奈に目を向けた。「杉浦李奈さんは岩崎翔吾事件の真相を暴いた天才作家です。その彼女がみなさんと一緒にいるんです。わたしの下書きは、李奈さんの手により完成され、出版される予定でした。つづきの章が書かれたら、そこに杉浦さんの台詞《せりふ》があるでしょう。〝犯人はこのなかにいます〟と」

李奈は笑いかけた。「ちょ……」

ところが一同はいっせいに疑心暗鬼になり、怯《おび》えのまなざしで互いを探り合いだした。どの顔も異常なほどこわばっている。半ば滑稽《こっけい》な光景ではあるが、経緯を知れば笑えない。

稲葉が切実にきいてきた。「杉浦さん、いったい誰なんだね？」

「いえ」李奈は冷や汗とともに弁明した。「べつにわたしはなにかをいいたくて、ここにいるわけでは……」

瑠璃はつぶやくような声を響かせた。「わたし、下書きを執筆して、おぼろにわかったことがあります。小説家というのは、犯人の名前をきめるとき悩むものです。読者の名と被《かぶ》ったら気を悪くするだろうとか、学校や職場でいじめられてしまうのではとか。その論でいけば、ふつうありえないぐらいめずらしい名前が犯人です」

みな真顔で視線を交錯させた。やがて稲葉がひとりを凝視した。「艘崎さんだ」

「こら!」艘崎は口をへの字にし、ぎょろ目を剝《む》いて抗弁した。「そんなのはあくまで小説のなかの話だろう。私は現実に存在する人間だぞ」

飯星がげんなりした顔で後頭部に手をやった。「フィクションとノンフィクションを混同しちゃ駄目ですよ。冗談でも笑えない」

しかし瑠璃は鋭い目つきで飯星を見つめた。「被害者と親しくしていて、犯行動機が一見なさそうな人が、じつは深い恨みを抱いていたというパターンもあります」

「私が?」飯星は自分の胸を指さした。「想像するのは勝手だけれども、宗武さんには感謝しかありません。私は都内にいたんですよ」

瑠璃は探偵のような口調に転じた。「たしかに竹芝へ向かっておられたそうですが、レジュレクシオンに着いたのは午前零時半すぎですよね? ブレーキホースに穴が開けられたのは、警察の見解によれば夜十時四十五分ぐらいから十一時前後」

「竹芝までは電車で二時間かかったんですよ。クルマでもそれより早くは着けません」

「じつはウイングスーツでムササビのように飛ぶ競技のアスリートではないですか? それなら竹芝まで時速三百キロで八分……」

一同がいっせいに抗議の声を発した。艘崎が吐き捨てた。「そんなオチのミステリがあるか」

飯星は首を横に振った。「私はこう見えてスポーツはまるで苦手です。高所恐怖症でもあります。どうぞ家族から級友まで、片っ端から問い合わせてみてください」

李奈は当惑ぎみにいった。「白濱さん。わたしはレジュレクシオンの技術部の人と、夜通し何度も電話で話しました。夜間緊急受付窓口を飯星さんが訪ねたのが午前零時半すぎ。飯星さんがタイヤをパンクさせていたら、絶対に間に合うはずがないんです」

瑠璃が李奈を見かえした。「ウイングスーツで飛び立てば、直線距離で四十数キロ先の竹芝まで、八分ぐらいですね」

艘崎がしかめっ面で声を張った。「ムササビみたいな服のまま都心に降りられないでしょう！　飛ぶのもどこから飛ぶんですか？　このへんは低い山ばかりだ」

やれやれと李奈は思った。飯星が電車で二時間以上かけて竹芝へ行ったことは、スマホの位置情報が証明してくれているのだが、あえて指摘する必要もなさそうだ。突飛な推理で犯人捜しは不謹慎がすぎる。

瑠璃は表情を変えなかった。「わたしは杉浦さんがなにもおっしゃらないので、口火を切っただけです。みなさんの関心も高まったところで、ぜひきかせてくれませんか。杉浦李奈の推論を」

　全員の目がいっせいに李奈に注がれた。李奈は絶句した。瑠璃はやけに挑発的な物言いで周りを煽《あお》る。一刻も早く真相を知りたいと願ってのことか。それは自分も同じだと李奈は思った。

「ええと」李奈は慎重に切りだした。「じつはいま岡田さんがお読みになった『インタラプト』……。第三者でもこれを読めば、岡田さんが宗武さんに恨みを抱いていることを知りえます。読んだうちの誰かが、岡田さんに罪を着せようとした可能性があります」

　瑠璃が反論した。「下書きは宗武さん以外、誰にも見せませんでしたよ」

「白濱さんが執筆中はそうでした。でもわたしが宗武さんと会ったのち、事実をたしかめるため、鳳雛社のみなさんに事情をたずねてまわったので……。その過程でもほとんどの人たちに読んでもらっています。書かれたことは実際にあったことだと、全員認めておられましたが、岡田さんの恨みについては、これを読んで初めて意識したかも」

「なるほど……。わたしの書いた下書きの存在ゆえ、岡田さんの犯行に見せかけられると、多くの人が認識可能になったわけですか」

李奈はため息まじりにささやいた。「わたしも同罪です。不用意に『インタラプト』を大勢の方々に読ませてしまったわけですから……」

稲葉が岡田に顎《あご》をしゃくった。「彼が警察署で動けなくなってたから、真犯人の目論見《もくろみ》が外れたと？　でもどうでしょう。彼は本当にひと晩じゅう署にいたんでしょうか」

岡田は心外だという顔になった。「いましたよ」

「どうだか。逮捕されたわけでもないんだし、じつは一、二時間、自由に外出できたのかも。刑事さんにきかなきゃわかりませんね」

「ええ」岡田が誠実にうったえた。「どうぞきいてください。逮捕されたわけでもないとおっしゃいましたが、警察は完全に私を犯罪者扱いでした。外にでるなんてとんでもない。電話一本かけられませんでした」

これも議論の余地はなかった。李奈は自分の事情聴取の場で刑事に問いかけた。岡田さんはずっと五日市署にいましたか。刑事は答えた。窃盗の被害届がでしだい、逮捕しようと思っていましたからね。保護の名目で一歩も外にださずにいたところ、宗武さんのクルマが谷底に転落した一報が入ったんです。彼がクルマをいじれた可能性はゼロです。刑事はそう断言した。

李奈は控えめに忠告した。「稲葉さん。むやみに人を疑うようなことは……」

稲葉が語気を強めた。「このなかに犯人がいるとおっしゃるからですよ。そもそもその根拠はなんですか？　ここにいない松原議員はちがうんですか？」

「いってませんけど。このなかに犯人がいるなんて」

状況を掻《か》きまわすばかりの瑠璃が、また憶測を口にした。「宗武さんの奥さんと娘さん、つまり志津恵さんと鞠乃さんにも犯行は可能でした。同時刻に家にいたんですし」

艘崎が腹を立てた。「きみ！　いい加減にしないかね。宗武家にいたというのなら、きみも同じだろう」

瑠璃はひるむようすもなくつづけた。「ここにいない著名人が、いきなり犯人として暴露される展開も、ミステリにはままあります」

「だからそれはいったいなんの話だ。著名人が犯人って？　〝怪人二十面相は団次郎《だんじろう》さんだったんだ！〟みたいなことか？」

李奈は遠慮がちに指摘した。「艘崎さん……。その台詞《せりふ》は宝島社の『怪獣ＶＯＷ』がひろめた誤解で、実際の台詞は〝団次郎が二十面相〟です」

艘崎が眉《まゆ》をひそめた。「本という本をお読みなんですな、杉浦さんは」

「どっちでもいいですよね。すみません……」

　当の瑠璃はきょとんとしていた。「ちょっとなにいってるかわかんない。団次郎って誰？」

　呆気《あっけ》にとられる李奈の目の前で、また室内は紛糾しだした。みないっせいに瑠璃を責め立てるため、全員の声が入り交じり、誰がなにを喋《しゃべ》っているのかはっきりしない。瑠璃は平然としていた。

「まって」瑠璃は一同を黙らせた。「じつは宗武さんがいなくなってから、わたしの身体に妙なことが起こって」

　稲葉が反発した。「またなにをいいだすかと思えば……」

　瑠璃は傍らにあった雑誌を手にとり、稲葉に差しだした。「どこかページを自由に開いて、そこに載っていることを、ざっとおぼえてください」

　面食らったようすの稲葉が『ダ・ヴィンチ』を手にとる。「なんの冗談だね」

「いいからいわれたとおりにお願いします」瑠璃は片手で目もとを覆い、露骨に顔をそむけた。なにも見ていないとアピールしている。

　仕方なさそうに稲葉が雑誌を開いた。文面を眺めるやすぐに閉じた。「読んだよ」

　すると瑠璃は稲葉に向き直り、雑誌を受けとった。片手で雑誌の左上を覆うようにしながら、ぱらぱらとページを繰り、やがて一か所でとめた。そのページを大きく開き、見出しを読みあげる。「〝岸辺露伴《きしべろはん》と禁忌〟……」

稲葉の顔に驚きのいろが浮かんだ。見開きのページを向けられると、稲葉は目を丸くした。「当たってる！」

艘崎が頭を掻きむしった。「くだらない。なんでこんな場所で陳腐な手品を見せられなきゃならない？」

瑠璃は雑誌を床に置き、艘崎に押しやった。「わたしは自分の身に起きた怪現象を説明してるだけです。なぜかきのうの夜から、これがわかるようになったんです。疑うのならお試しください」

どうでもいいと突っぱねるべき局面かもしれないが、瑠璃の纏《まと》うふしぎなオーラに、艘崎も即座の反発は控えたらしい。稲葉につづき、艘崎も任意のページを開き、また閉じた。そのあいだ瑠璃は艘崎の行動をいっさい見ていない。

雑誌を受けとった瑠璃は、やはり一か所を開きながら見出しを口にした。「〝宮沢賢治《みやざわけんじ》と歩く岩手の物語〟」

どうやら当てられた人間にとっては驚かざるをえないことらしい。艘崎は動揺をしめした。「あ、合ってるな……」

なんともいえない空気がひろがる。それぞれが互いを見つめあった。この時間をどう解釈すればいいかわからない。瑠璃を除く全員の顔にそう書いてある。むろん李奈も同じ心境だった。

18

あきる野市の其阿弥《ごあみ》という地域は、どこもかしこも人里離れているわけではない。山に囲まれた盆地には住宅街もある。

正午すぎ、李奈は瑠璃の運転する日産セレナに乗せてもらい、松原議員の家の近くへ向かった。きょうは日曜だ。自宅にいると松原本人から伝えきいていた。

古民家が軒を連ねる街並みの端、小川沿いの生活道路に、瑠璃はセレナを停めた。辺りは閑散としている。クルマの往来は皆無、農作業姿の高齢女性がひとり通りかかったにすぎない。

李奈はクルマを降りた。運転席の瑠璃がサイドウィンドウを下げる。李奈は瑠璃に礼をいった。「送っていただいてありがとうございます」

瑠璃がきいた。「帰りまでまたなくていいの?」

もうすっかりタメ口になっている。彼女のほうがひとつ年上なのだから不自然ではない。李奈は微笑してみせた。「宗武家のほうへ戻る必要があるときには、バスで行きますから」

「そう。気をつけて、杉浦さん」

「……白濱さん」李奈はためらいとともに告げた。「さっきみたいなことは、やめたほうがいいと思います」

「なにを？」

「とにかく人の関心を集められるなら、なんでもやってみようという心意気は……。いまこの状況に合いません」

「どういう意味？」

「日テレやフジテレビの名物レポーターが来てる、そうきいて発奮したんですよね。犯人の正体や意外な真相について珍説を語り、不思議ちゃんキャラを売りこみたい。なんなら自分に怪奇現象が起こったことにして、テレビ向きの一発芸まで披露する。なにを望もうが勝手ですけど、さっきのあの場をリハーサルに利用するなんて」

瑠璃は真顔になった。アイドリング中のエンジンを切ると、ドアを開け車外に降り立った。李奈に向き合うと瑠璃がきいた。「一発芸？」

「さっきの雑誌、あなたが持ってきた物ですよね。ぜんぶの奇数ページの左上に、夜光塗料で小さな点がつけてあったんでしょう。手の影で暗くすれば、直前に開かれたページだけ、夜光塗料が光ります」

「知ってたの？　あなたテンヨーの『ターベルコース・イン・マジック』まで読む人？」

「いえ。白濱さんの動作でわかったんです」李奈は静かにいった。「そのう、地下アイドルでいらっしゃって、作家をめざしておられて……。世に打ってでるすべを模索されるのは結構ですが、節操というものも大事です。この辺りにマスコミが集まってるのも、事件があってのことですし」

瑠璃は冷やかな面持ちになった。「才女にはわかりっこない」

「……誰のことですか」

「あなたよ。杉浦李奈さん。小説家なんてデビューしたところで、なかなか売れないでしょ。偶然にでも注目を集めることがなきゃ。でもあなたはその機会に恵まれた。岩崎翔吾事件からつい先日の太宰治の遺書騒動まで、現実の謎解きに強いとこを見せつけた。おかげで世間は思った。あなたのミステリは読むに値するって」

李奈は戸惑いをおぼえた。「そんなのは……。偶然そうなっただけです」

「そうよね。原宿《はらじゅく》でスカウトされてモデルになったとかと同じ。勝ち組は上から目線でいってくる。なにもかも偶然だって」

「あのう。白濱さん……」

瑠璃は片手をあげ李奈を制した。「わかってる。わたしは承認欲求をこじらせてる。才能のなさも自分がいちばんよくわかってる。だから本当に結果がでることにはチャレンジしない。ちゃんとしたオーディションには行かないし、ユーチューブチャンネルも始めない」

「だからといってキワモノで顔を売っても、なんにもならないじゃないですか」

「そりゃあなたみたいに卓越した頭脳と、まあまあ以上の美貌《びぼう》があれば、きいたふうなこともいえるけど、わたしはちがう。タレント性ゼロ。でも他人にマウントをとれる立場になって、ちやほやされたいから、なんとか有名人になれる道を模索してる。それがまちがってるとも思わない。寂しくて物足りない人生に逆転劇を願ってるの」

「白濱さん……」

「いいから」瑠璃は突っぱねてきた。「これだけはいっとく。宗武さんがどうなったか、誰がクルマに細工したのかなんて知らない。わたしはあなたみたいになれない。ただおこぼれだけはちょうだい。騒動に便乗するぐらいは許してよ」

李奈は瑠璃を見つめた。なにをいおうとしても適切な言葉がでてこない。不謹慎さを咎《とが》めるような物言いも、結局は高飛車と反発されるに終わるだろう。

やむをえず李奈は軽く頭をさげ、その場から立ち去りだした。瑠璃は李奈の反論を期待していたのか、少しばかり不満げな表情をのぞかせたものの、すぐにさばさばした態度でドアを開けた。

自然に足がとまった。李奈は振りかえった。「白濱さん。本当に結果がでることにはチャレンジしないとおっしゃったけど、鳳雛社の文学賞には応募なさったんですよね？」

「あんなのは……。岡田さんが原稿をそっちへまわそうと提案しただけ。地下アイドルでちっぽけな舞台に立つほどの緊張もない」

「文学賞はチャレンジじゃなかったって？　ちがいますよ。太宰治は芥川賞を獲《と》りたくて獲りたくて仕方がなかった。その悶絶《もんぜつ》ぶりはご存じですよね？　天才さえもがき苦しみ、命をすり減らしながら挑む、高い高いハードルが文学賞なんです」

「そんなの真面目にとらえすぎ。文章を書くなんて、よっぽど有名になれば別だけど、そうじゃなきゃ基本的に裏方仕事。時間さえかければそこそこのレベルのものは書ける。だけど佳作にも選ばれなかったし」

「最終選考までは残ったでしょう？　宗武さんからも目をかけられた」

「雑用を押しつけられる便利屋とみなされただけ」

「書けない人に、編集者は仕事をまわしませんよ」李奈は微笑した。「白濱さん。『インタラプト』は未完成だけど、あなたの作品です。読ませる小説になってました。ふたつだけ考えを改めるべきです。小説書きは裏方仕事じゃありません。あなたには才能があります」

瑠璃の表情から徐々に険が薄らいでいき、すなおで素朴なまなざしが見かえした。伝えるべきことは伝えた。李奈は腑《ふ》に落ちた気分で踵《きびす》をかえした。

歩きながら李奈は思った。こじらせの度合いは大きく異なるものの、瑠璃は以前の李奈と多くの共通項がある。大衆から認められたい理由が、孤独にともなう寂しさにあることにも気づいている。それならあとは書くだけだろう。文芸こそ誇れる自己表現だと悟ったとき、瑠璃はきっと本物の作家になるにちがいない。

背後でドアが閉じる音がした。エンジンが始動し、クルマがゆっくりと走りだす。去りぎわに短くクラクションが鳴った。礼を告げる意味合いの、ほんの一瞬の響きだった。

李奈は振りかえった。真昼の透き通った陽射しのなかを、日産セレナは静かに走り去っていった。

19

松原衍人市議会議員の家は新築の三階建てで、周りとくらべてもひときわ大きく立派だった。李奈が招かれた応接間は、壁一面の書棚を誇るうえ、洋風のソファセットに和風の床の間を兼ね備える。シックで渋いいろ合いの内装が高級感に満ちている。静かに読書にふけるのには最高の環境かもしれない。

小三になる松原の長男、啓太が窓際で物静かに本を広げている。けれども部屋はとんでもなく騒々しかった。幼稚園児とおぼしき男の子と女の子が、奇声を発しながら駆けめぐるからだ。

いま松原は李奈の向かいのソファに座っている。この頭が割れそうなほどの大声量も日常と化したのか、すっかり慣れたようすで、傍らに積んだ本の山を整頓《せいとん》中だった。幼児らは松原の次男と長女だという。李奈のもとに駆けてきて、幼稚園で流行《はや》っているらしい一発ギャグを披露しては、満足げに走り去る。李奈は目が点になったが、ふたりとも来客にはしゃいでいるようだ。わずか数分でも、母親の子育ての苦労が身に沁《し》みてわかる気がした。

目の前のテーブルに次男が横たわり、クロールのしぐさをするに至って、ようやく父親が反応した。犬でも追い払うようにテーブルから払い落とす。次男は気にしたようすもなく床を転げまわる。そうこうしているうちに長女が李奈の膝《ひざ》の上に乗ろうとする。

松原が長女を咎めた。「純奈《じゅんな》」

純奈と呼ばれた幼女はすかさず逃走した。李奈は当惑をおぼえながらいった。「元気なお子さんたち……ですね」

「申しわけありません。きょうは妻が友達とでかけてまして、私が留守番なんです」

「啓太君の読書に支障がありそうですから、場所を移したほうが……」

「いや。ここにいてください。あれで啓太も杉浦さんが来たのを喜んでるんです。というか読書をしてる賢い自分を、杉浦さんに見せたがってるんです。そうだろ、啓太？」

啓太は父親を睨《にら》みつけると、また本に目を戻した。

戸惑いを深めつつ李奈は松原にきいた。「ちがうみたいですよ」

「あいつは照れてるんです。本当に嫌なら別の部屋に移ります」松原は二冊の同じ本をテーブルの上に並べた。「ありましたよ。これらがそうです」

どちらも同じ装丁だった。『きびだんごのタンゴ』白濱瑠璃著、ソフトカバー四六判。李奈はきいた。「拝見してもよろしいですか」

「もちろんどうぞ。左はちびっ子速読会で啓太が渡された本、右が優勝した子の本です。どちらも回収されかけたんですが、私があいだに入ってやめさせました。優勝した子のご両親には、ちゃんと事情を説明してあります」

李奈は本のページを繰った。総ページ数は112。文字も大きめで、これならたしかに催し物の最中に最後まで読めそうだ。ざっと目を通しただけでも、白濱瑠璃の文体の美しさがわかる。平易な言葉遣いでひらがなが多めでも、あらゆる描写を的確に表現していた。児童書を手がける才能も充分にあるように思える。

挿絵はいっさいなかった。巻末の奥付には鳳雛社発行とある。裏表紙にバーコードはない。ISBNを取得していない非売品だった。速読会の参加児童に行き渡るぶんだけ制作したのだろう。

二冊を丹念に見くらべたが、印刷も製本もまったく同じだった。使われている紙も同一のため、本の厚みもまったく変わらない。

李奈は唸《うな》った。「本にはなんの差もありませんね……」

「でしょう？」松原が見つめてきた。「条件は共通しています。なら事前に内容の漏《ろう》洩《えい》があったとしか思えない」

「……啓太君が僅差《きんさ》で惜しくも二位になっただけということは、絶対にないのでしょうか」

「ありません」松原は啓太に視線を向けた。「そうだよな？」

「知らない」啓太はつれない返事をし、ひとり本を読みつづけた。

松原はむすっとして李奈に向き直った。「優勝した子は、あきらかに内容を先に知ってたとしか思えないんです。啓太のほうが早く読み進めていたのに、ぐんぐん追い上げて、ついには抜かすなんて」

漏洩があったとすれば、瑠璃が嘘をついていることになる。あるいは宗武がいっさい内容を読んでいなかったというのが事実に反しているのか。

李奈は松原にたずねた。「宗武さんが不正をしたにちがいないとお思いですか」

「そう考えざるをえないと私は思っています」

「その点で宗武さんを恨んでおられますか？」

「恨んで……いや、腹は立ちますが、危害を加えたいなんて考えるはずもありませんよ。私はただ、ちびっこ速読会が本当に公正だったかどうか、そこを宗武さんに問いただしたかっただけです」

不正の根拠がないとなれば、公正とみなす以外にないのだが……。李奈は二冊の本をそれぞれ閉じにかかった。

するとそのとき、指先に若干の違和感をおぼえた。なんだろう。李奈は本のページをじっくりと観察した。紙質に差はない。けれどもほんのわずかなひっかかりを感じる。とはいえ見た目にはなにもちがわない。

松原がきいた。「なにか？」

ふとひとつの可能性が浮かんだ。李奈は左右の手に一冊ずつ本を持ち、同じページを開いたうえで、紙一枚だけをつかんだ。両手を同じように振る。どちらも紙を一枚だけ保持した状態で、二冊の書籍を激しく揺さぶった。

「ちょ、ちょっと」松原が腰を浮かせかけた。「なにをなさるんですか。小さい子のレベルに合わせていただく必要はないですよ」

啓太が唖然《あぜん》とこちらを見つめる。ふたりの幼児もぼんやり李奈を眺めていたが、すぐに書棚から文庫本を二冊ずつ引き抜き、同じように両手で振り始めた。

「こら！」松原は幼児たちに駆け寄った。「政志《まさし》、純奈！　本を粗末にしちゃいかん！　そんな乱暴に扱ったら破れ……」

びりっと音がした。子供たちの振った本ではない。李奈の持つ本が二冊とも、つかんだ紙の根元が破れてしまった。

あー、と松原が声をあげると、幼児ふたりも同じ声を発した。

しかし李奈はかまわずそれらの本をテーブルの上に戻した。紙の破れぐあいを比較する。思わずつぶやきが漏れた。「やっぱり……」

松原が戻ってきた。「どうしたっていうんですか」

「これを見てください。速読会で啓太君に渡された本は、紙が縦に破れました。お友達の本は横に破れてます」

「……意味がわかりかねますが」

「紙には目というものがあります。製紙の工程でかならず繊維の流れ目ができるんです。目の筋に沿う方向には破れやすく、折り曲げやすくなります。ふつう書籍は縦目といって、目が縦になるように紙を揃え、製本します」

「横目には製本しないんですか」

「場合によりけりですが、こういう本で紙を横目に製本すると、横に破れやすくなるので好ましくありません。縦目のほうが丈夫なんです」

「啓太の本は縦に破れてるから、問題ない本ですね？」

「ほかの多くの子に渡された本も同じだったと思います。でも優勝した子の本は横目でした。目に沿う方向にページをめくるので、わずかに摩擦が少なくスムーズです。ほんの微妙な差ですけど……」

松原がにわかに興奮をしめしだした。「百ページを超える本を完読するとなると、タイムラグの合計がそれなりに膨れあがる。啓太より速くページをめくれるぶんだけ有利だったんですね」

「ふたりが同じぐらいの速さで読めるのなら、横目の本を渡されたほうに、若干のアドバンテージはあるでしょう。でも決定的な差というわけでは……」

「いや！　陸上競技におけるドーピングもこれと同じです。物理的にごく小さな差が生じることで、競技そのものを不公平にしてしまうのです」松原は二冊の本を掲げ、すっくと立ちあがった。「どうもありがとうございます、杉浦先生。これは議会で論ずるに値します」

「おまちください」李奈も腰を浮かせた。「これが宗武さんの意図的なことだとしたら、極力バレない範囲で、あなたに嫌がらせを働いたとしか……。宗武さんとの対立は、じつは深刻だったのではないですか」

「対立というほどのものでは……」松原の表情は険しくなった。「ただし妙なところはあります」

「どんな？」

「宗武さんは図書館全般に反対していました。本が売れなくなる理由だとおっしゃいましてね。しかし中央図書館や、東部図書館エルのように大きな施設じゃなく、まず中央図書館其阿弥分室を閉めるべきと、さかんに要求してきまして」

「其阿弥分室……？」

「町の書店ほどの大きさもない、ほんのちっぽけな平屋で、ごくわずかな蔵書しかないんですよ。しかも建物の老朽化で、いまは閉鎖されています。それ以前にも、財政難で二〇一七年以降、蔵書は一冊も入れ替わっていないんです。あの分室を廃止したところで、鳳雛社の本の売れ行きが変わるわけでもないでしょうに」

なるほど奇妙な状況だった。根本が醜い小競り合いにすぎないため、理由は取るに足らないことかもしれないが、それが全体の謎を突き崩す鍵《かぎ》になるかもしれない。

李奈はさらに質問した。「老朽化した建物内に、蔵書はずっと放置されたままですか」

「いえ。ほとんど中央図書館に移動されてますし、私は無期限で一部貸し出しを許可されました。市議としての特権というわけじゃないですが、申しいれをしたら承諾してもらえましてね。百科事典や『広辞苑』などを長期に借りていますよ」

それなら分室は事実上、廃止されたも同然だろう。もちろん今後再建される可能性もあるだろうが、財政難という言葉を議員が口にする以上、既定路線とも思えなかった。なのに宗武はなぜ分室の廃止を強くうったえたのか。

松原が啓太を見つめた。「よかったな。やっぱり優勝はおまえだ」

啓太はやはり本から顔をあげなかった。「親の見栄《みえ》の張り合いはうんざり。もう子供を巻きこまないでよ」

絶句したようすの松原が、気まずそうに李奈に目を移してきた。李奈はとぼける顔をしてみせた。息子さんの言いぶんこそがどうしようもなく正しい。

20

午後二時過ぎ、李奈は宗武家に戻っていた。宗武の妻、志津恵の協力を得て、二階の書斎を調べ始めた。

ゆうべ宗武が取り組んでいた束見本のほかにも、さまざまな本が書棚を埋め尽くしている。新刊本が多かったが、カバーが外れたずいぶん古い本も見受けられる。李奈は志津恵にきいた。「ご主人はどのような本を好んで読まれましたか」

目を真っ赤に泣き腫《は》らした志津恵だが、いまはあるていど落ち着きを取り戻している。喉《のど》に絡む声で志津恵が応じた。「あの人は本をあまり読みません」

「でも……。文芸出版社の敏腕編集者さんですし」

「売れた本が映画化やドラマ化されることのほうに、ずっと熱心に力を注いでいました。主演俳優が誰にきまったとか上映館数がいくつだとか、食事のときにもそんな自慢話ばかりで」

「ああ、たしかに……。壁にも写真がたくさんありますね」

有名女優と並んで記念撮影した写真が、額縁に入り掲げられている。出版社なのに書籍はマイナーな商売とばかりに軽視し、映像化に大はしゃぎする会社は少なくない。なら初めから映像制作会社をやればいいと思うが、編集者もミーハーな人間が多いのだろう。宗武はその典型のようだった。

「でも」李奈はわざと志津恵が否定するだろう質問を、あえて口にした。「ご主人は純文学の傑作を多く手がけてらっしゃいますよね」

「純文学の傑作」志津恵は浮かない顔でため息をついた。「とんでもない。ただの安っぽいお涙頂戴《ちょうだい》ばかりです」

「……それが奥様の解釈なんですか？」

「ええ。本人がそういってましたから。紙の上に文章が印刷してあって、主語には架空の人物名が、述語には病死したと書いてあるだけ。それで泣けたとか人生の深い意味を知ったとか、消費者が勝手に重視して投げ銭をくれる。ちょろいもんだと」

「本当にご主人がそんなことを……」

「いってましたとも。仕事のストレスを溜《た》めないよう、家ではあえて乱暴な物言いになってるんだと思ってました。でも本がベストセラーになっても、自慢しがてら同じことばかりいうので、いい加減しつこいと思いましてね。ある日わたしからもいってやったんです」

「どんなことをおっしゃったんですか」

「あなたがいっぺん難病になってみたらと。助かる見込みがほとんどない難病に」

思わず言葉に詰まる。なかなか辛辣《しんらつ》なひとことにちがいない。李奈は志津恵を見つめた。「ご主人はどのような反応を……？」

「それっきり自慢話もなくなりました。以後は食事中、無口になりがちで」志津恵はまた涙に暮れだした。「ああ。わたしったら酷《ひど》いことを。いまはもう無事でいてさえくれればって、それしか思いません。つまらない自慢話も好きなだけさせてあげます。

きかなきゃいいんだから」

皮肉や冗談のような言いぐさにきこえるが、志津恵は本気のようだった。いまはただ気の毒でしかない。宗武の無事を祈りたい気持ちは李奈も同じだった。そのためにもなぜこんな事態が起きたかを解き明かしたい。

ふと気になるものが目に入った。机の上に横たわる大きく分厚い国語辞典。岩波書店の『広辞苑』だった。箱に入ってはおらず、カバーも剝《は》がされている。そっと表紙を開けてみた。どうも妙なことに表紙から見返しにまで、糊付《のりづ》けを剝がした痕《あと》が広範囲に見受けられる。

さらに無残なのは本文だった。小口の側からページのなかほどにかけ、かなりの枚数が焼け焦げている。たぶんボウボウと燃えだしてから、あわてて火を消したと推察される。灰と化し欠落してしまった部分も多い。総ページ数は三千を超えるが、うち五百ページほどが、完全に使いものにならなくなっている。

志津恵がささやいた。「それ、やっぱり気になりますよね」

「なにがあったんですか？」李奈はきいた。

「主人が忙しくて、食事中にも『広辞苑』で調べものをしてたんですが……。鍋《なべ》の火が燃え移ってしまいまして」

「ボヤ騒ぎに……？　災難でしたね」

「家族三人、上を下への大騒ぎでした。なんとか消しとめましたけど、主人がやけに真っ青な顔になっていたのをおぼえてます」

「怯《おび》えた表情だったんですか」

「ええ。しばらくはすっかりふさぎこんでしまって。『広辞苑』を燃やしただけで、なぜあそこまで落ちこんだのかはわかりません。誰も火傷《やけど》せずに済んだのだから、まずはほっとするのがふつうじゃないかと思ったんですけど」

ひとつの考えが頭に浮かびあがった。李奈はスマホをとりだした。「ちょっと失礼します」

松原議員のスマホ番号はきいてあった。電話をかけると、呼びだし音が数回、さっき耳にした男性の声が応答した。「はい松原です」

「杉浦です。先ほどはありがとうございました」

「ああ。杉浦さん。なにか？」

「其阿弥分室の蔵書の『広辞苑』ですが、いまは松原さんが借りているとおっしゃっていましたよね？」

「そうです。私の書斎にありますよ。きょうおいでいただいた応接間に置いておくと、下の子ふたりが踏み台代わりにするので」

「いま確認していただけますか」

「ちょっとおまちください」松原が部屋を移動する気配があった。「書斎に来ました。目の前に『広辞苑』がありますよ」

「何版ですか」

「カバーには第六版とあります」

「以下の言葉のいずれかが載ってるかどうか調べてもらえませんか。〝朝ドラ〟、〝ブラック企業〟、〝自撮り〟、〝婚活〟、〝上から目線〟」

「おまちを。……ええ、載ってますよ。まず〝朝ドラ〟。それから〝婚活〟も、〝自撮り〟も」

「……どうもありがとうございます。また連絡しますから」李奈は松原と挨拶《あいさつ》を交わしあい、電話を切った。志津恵に向き直ると李奈はいった。「この『広辞苑』、図書館から借りた物だったんですね」

「そうなんですか？」志津恵は心底驚いたようすだった。「知りませんでした。わたし、燃える前はよく見ていなかったし、消火後も主人がそそくさと持ち去ってしまって」

「『広辞苑』が開いた状態のときに、火が燃え移ったんですか?」

「そうです」

どうりで中身がよく燃えたわりに表紙は残っているわけだ。李奈はため息をついた。

「宗武さんも正直におっしゃればいいのに。なぜかご主人は『広辞苑』が燃えた事故を隠そうとして、どこかで調達した別の『広辞苑』に、図書館用のカバーを貼り直して、其阿弥分室に返却しました」

志津恵が目を瞠《みは》った。「なぜそんなことを……。あ、いえ。なんとなくわかります。有名な敏腕編集者、地元の名士を自負してましたから。ポカをしでかすわけにいかないと思ったんでしょう。あの人らしい……」

事実として理由はそんなところかもしれない。李奈は『広辞苑』のページを繰った。

「〝朝ドラ〟や〝婚活〟が載っているのなら第七版、二〇一八年の刊行です。第六版にくらべ約一万項目、百四十ページほど増えました。でも其阿弥分室は五年以上、蔵書が入れ替わっていませんし、松原さんもカバーが第六版だとおっしゃってますし」

「百四十ページ増えたら、前のカバーがかからなくなったり、図書館の書棚の幅に入らなくなったりしませんか?」

「いいえ。第七版は紙を薄くすることで、全体の厚みを第六版と同じ、八センチに止《とど》めたんです。それより厚いと物理的に製本が困難になるからです」

志津恵が情けない顔になった。「あの人のことだから、どうせ古本屋さんで探したんでしょうけど……。第六版を見つければよかったのに」

「第七版しかなかったんでしょうね。小口や天に図書館印が捺《お》してあったりもしますが、それも当然ないままでしょう。でもじっくり第六版を探すよりは、さっさと返却してしまいたいという思いが勝ったのかもしれません。後から気になって、バレちゃ困ると思い、分室ごと潰《つぶ》れるのを願ったんです」

「そんなことを主人が？」

「はい。分室はこのところ休止状態だったので、宗武さんが『広辞苑』を取り替えようにも、貸し出しも返却もできない状態でした。そこで松原議員にさかんに求めていたそうです。あの分室は永久に閉めるべきだと」

志津恵が物憂げに唸《うな》った。「いい格好をしようとして、後先考えず衝動的に行動した結果、嘘がほころびそうになって……。嘘に嘘を重ねる羽目になる。あの人は若いころからそうでした」

笑っていいものかどうか迷う。けれども複雑な心境に身を委《ゆだ》ねるうち、李奈のなかにひとつの思考がかたちをとりだした。

嘘。宗武が嘘をつくことはありうるとする。まず真っ先に連想されるのは、行方不明が自作自演ではないかという可能性だ。しかしそれはありえない。クルマは下り坂を暴走し、宗武を乗せたまま谷底に転落した。ブレーキホースに穴を開けたのが宗武自身なら、まさしく自殺に等しい所業でしかない。宗武がみずから死にたがっていたとも思えない。あれはやはり他者による殺人行為だった。

とはいえ宗武の性格が、妻である志津恵のいったとおりだったとすれば、どんなことが考えられるだろう。後先考えず衝動的に行動する……。人生に訪れる判断の機会とは、けっしていちどきりではない。

たちまち光が射してくるのを感じた。雲の切れ間から青空がのぞいたようだ。宗武に関することばかりではない、彼を取り巻く人間関係も付随し、一気に明るみへ引きだされてきた。すべてが鎖のようにつながった。

軽い興奮をおぼえる。李奈は廊下へ向かいだした。「失礼します。たしかめたいことがありますので」

志津恵が当惑をしめした。「どうかなさったんですか」

『インタラプト』のつづきを書いたとしたら、たぶんここからは終盤だろう。李奈は書斎をでた。「この件はきょうじゅうに決着がつくと思います。またのちほどご連絡します」

　廊下で李奈は足をとめた。行く手に宗武の娘、鞠乃が立ち尽くしていたからだ。

　鞠乃の目は充血し、鼻の頭も真っ赤になっていた。とめどなく流れる涙とともに、
鞠乃が震える声でいった。「杉浦さん。どうかお願いします。悲劇でない結末を……

……」

　胸が痛む。ノンフィクションはフィクションのようにはいかない。李奈は歩み寄った。「鞠乃さん。いまはとにかく落ち着いて」

「お父さんは……父は単細胞です。いまの図書館のお話もそうですけど、とんでもなく馬鹿っぽいとこがあると、わたしも感じます」

「そんなふうにおっしゃらなくても……」

「いいえ。だけどわたしにとっては、やはりかけがえのない人です。少なくとも家族への思いやりは嘘じゃありません。あんな父だけど……。帰ってきてほしい」

　志津恵が両手で顔を覆い、ひたすら泣き声を押し殺している。これが家族というものだろう。欠点を嫌というほど承知済みの仲であっても、結びつきが絶たれる辛《つら》さや悲しさは、本人たちにしかわからない。

「だいじょうぶ」李奈は鞠乃に微笑みかけた。「これが小説なら、ここから先はもう

解決編だから。聡明《そうめい》な読者さんはきっと、もう真相に気づいてる」

21

萩原診療所は松原家と同じ住宅街にある。二階建ての自宅の一階部分が改築され、看板が掲げられていた。ガラス戸のエントランスを入ると、広めの部屋が診察室と処置室を兼ねていて、両者のあいだはカーテンで間仕切りされている。

いまカーテンは開け放たれた状態で、臨床検査室やX線装置を含む、すべてのスペースが一体化している。あらゆる備品が綺麗《きれい》に整頓《せいとん》してあった。

訪問した李奈に対し、萩原医師は白衣を羽織ることもなく、ワイシャツにスラックス姿で応対した。「きょうは休診だし、淀橋《よどばし》さんを除けば患者らしい患者も来てないんでね。けさから妻が掃除してくれたまま、明日の診療時間を迎えられる」

萩原の妻で看護師を兼ねる、五十代ぐらいの千恵子《ちえこ》も私服姿だった。棚を雑巾《ぞうきん》で拭《ふ》きながら、千恵子がさも嫌そうな顔をした。「ようやく片付けが終わって床も掃いたところよ。土曜の夜だったのに、夜通し急患を迎えたりするから」

診療ベッドに座る小柄な高齢男性が、居心地悪そうにつぶやいた。「ひょっとして俺、いま奥さんに説教されてます?」

　すると萩原が苦笑ぎみに、高齢男性の腕の包帯を取り替えにかかった。「淀橋さん、気にしないでください。酔っ払って転んで、このていどの怪我で済んでよかったですよ」

「なにもおぼえちゃいねえんで」

　千恵子が抗議した。「泥酔してると血がとまりにくいって話、わたしがしたのも忘れた？　怪我自体はたいしたことなくても、出血がやたら多くて、うちのガーゼが尽きそうになったでしょ。明日の朝のゴミだしも大変」

　淀橋がへらへらと笑った。「そんな大げさな……」

「笑いごとじゃないです」千恵子が一喝した。「娘さん夫婦に迷惑かけどおしでしょう。少しは反省して、飲み過ぎないようにしてくださいよ」

「すんません」淀橋が子供のように小さくなった。

　李奈は淀橋にいった。「昨晩こちらにかつぎこまれたそうですが、お元気なようでよかったです」

「あんたが包帯を交換してくれるのかい？　これから毎日来ようかな」

　千恵子が鬼の形相で振りかえった。「新しい看護師さんじゃないんですよ」

「なんだ、ちがうのか。楽しみが増えたかと思ったのに」

しょぼくれる淀橋に、李奈は戸惑いがちに笑いかけた。「朝二時ごろまでこちらにおられたそうですが、なにかご記憶のことはありませんか」

「さあ。ぐっすり寝ちまってたらしくて」

「ええ」千恵子の小言がつづいた。「横になったとたんに高いびきをかいちゃって。止血につきあわされたほうの身にもなってくださいな」

萩原がやれやれという顔になった。「怪我自体は救急車で病院に運ぶほどじゃなかったがね。アルコールが血小板の働きを鈍らせて、血がとまりにくかったんだよ。おかげで徹夜仕事になってしまってね」

李奈はなおも淀橋にたずねた。「ほかに患者さんはおられましたか」

室内が静まりかえった。淀橋は目を瞬《しばたた》かせた。「そういえばいた気がするなぁ。隣のベッドに美人が」

千恵子の眉間《みけん》に皺《しわ》が寄った。「どこに隣のベッドがあるんですか。寝ぼけて女性の名前は呼んでましたけど。夢でも見てたんでしょ」

萩原が李奈を見つめてきた。「杉浦さん。なぜそんなことをおたずねに?」

だが李奈が答えるより早く、千恵子が雑巾とバケツを手荒に片付けながら吐き捨てた。「うちは診療所。しかも淀橋さんの手当てを臨時におこなってるだけで、きょうは休診日。お客さんを迎える道理はないはずでしょ」

淀橋が笑った。「そう不機嫌にならなくても。この若い女の子が来たからって」

「なにかいった？」千恵子が淀橋を睨《にら》みつけた。

「いえ……。俺なんかいいましたっけ。さっきから貝のように口を閉ざしてるつもりだけど」

やけに千恵子の言動が刺々《とげとげ》しい。萩原もどこか落ち着かなげに見える。李奈は診療室内をめぐった。

ステンレス製のトレースタンドが目に入った。トレーの上には備品が整然と並べてある。ガーゼや包帯、ピンセット、体温計。どれも清潔な状態が保たれている。そのなかに一見、アナログ式のストップウォッチに見える器具があった。文字盤の直径は五センチぐらい、側面から下方にかけ、半円状のハンドルに似たパーツが突きだしている。そこを含めると全長は十五センチぐらいにはなる。

もやっとするものを感じる。李奈は問いかけた。「こちらのトレーも奥様がお片付けになったんですよね」

「ええ」千恵子はため息とともに答えた。「それがなにか？」

「朝を迎えたころには包帯やらなにやら、いろんなものが散らかってて、掃除と整頓に追われたと推察します。これも医療器具っぽいから、アルコール除菌シートで拭いたうえで、一緒に並べたんでしょう」

夫婦が揃って眉《まゆ》をひそめた。李奈が指さすストップウォッチ型の器具を見て、萩原が気まずそうな顔になった。トレーに手を伸ばしつつ萩原がいった。「たしかにこんな物はうちの備品じゃないな。いったいこれは……」

李奈は先にその物体を手にとった。ぎょっとした夫妻を尻目《しりめ》に、李奈はひとり身を翻した。処置室の奥の壁にはドアがある。そこが住居部分への連絡口であることは一《いち》目瞭然《もくりょうぜん》だった。ドアを開けながら李奈は声を張った。「失礼します」

勝手口に似た狭い靴脱ぎ場がある。李奈はそこで靴を脱いだ。目の前は二階へつづく階段だった。そこを一気に駆け上る。

「ちょ」千恵子の驚きの声が背後に響き渡った。「ちょっと！」

淀橋のげらげら笑う声がきこえる。彼は診療ベッドに留《とど》まったままのようだが、夫婦の足音があわてたようすで階段を追いかけてくる。李奈はかまわず二階に達した。ここはもう診療所の一部ではなく、ごくふつうの民家の二階廊下だった。ドアはひとつしかない。李奈はそれを開けた。

六畳一間の寝室だろう。カーテンの外から陽光が射しこんでいる。散らかりぎみの室内だが、カップラーメンの空き容器や、空きペットボトルは半透明のゴミ袋にまとめてある。ふだん萩原が就寝する部屋と思われた。だがベッドには別人のパジャマ姿がある。騒動に驚き、ついいましがた跳ね起きたように、ベッドの端に座っている。頭に包帯を巻き、ギプスで固めた右腕を三角巾《さんかくきん》で吊《つ》っていた。左脚も膝《ひざ》から下がギプスで固定され、近くに松葉杖《まつばづえ》が立てかけてある。

宗武は愕然《がくぜん》とした面持ちで李奈を見上げていた。まさに鳩が豆鉄砲を食ったような顔がそこにある。

戸口に萩原夫妻が駆けつけた。李奈が振りかえると、ふたりともきまりが悪そうな顔で黙りこんだ。

李奈はスマホをとりだした。「通報します」

「まった！」宗武は必死の形相で左手を突きだした。「まってくれ。問答無用で警察が踏みこんでくるような事態は勘弁してくれ。萩原先生にも迷惑がかかる」

「迷惑？」李奈は醒《さ》めた気分でいった。「ご夫婦も共犯になります」

「きょ」萩原が動揺をしめした。「共犯ってなんだね？　誓っていうが、私は宗武君がこんな目に遭った経緯に、なんら関与していないよ。ただ純粋に人助けを……」

李奈は萩原を遮った。「これが法や倫理に反する行為なのはわかっていますよね？　警察や消防はいまも宗武さんを捜しまわってるんですよ。お礼をたっぷり弾むと約束されても、協力するべきではなかったでしょう」

「ど、どうしてそこまで……」

「やっぱり通報します」

「まってくれないか」萩原は汗だくの顔で妻を振りかえった。「すまない。下で淀橋さんの世話を頼む」

さっきまでの挑発的な態度からは一変、千恵子が弱腰に視線を落とし、階段を静かに下りていった。

宗武はおおいに取り乱しつつも、ベッドに座ったまま身動きできずにいた。「杉浦さん……。なぜここが……」

李奈はストップウォッチ状の器具をサイドテーブルに置いた。「これ、たぶん宗武さんが運びこまれて、手当てに大わらわになったとき、ポケットから落ちたんでしょう。奥様は医療器具とまちがえて、拾ってトレーに並べたんです」

「……ああ」宗武がため息とともにうつむいた。「斤量計か」

マイクロメータとも呼ばれる。千分の一ミリレベルの紙の厚みを計れる、かつて編集者御用達の器具のひとつだった。ゆうべ宗武は束見本と格闘していた。そのままポケットにいれていたのだろう。

宗武は泡を食ったようすで懇願しだした。「どうかきいてくれ。これにはわけが……」

「あるでしょう。でもつまらない理由です」李奈はいった。「あなたが死んだ可能性が高いとなれば、わたしの書く『インタラプト』の終盤が盛りあがる。しかも報道が本の刊行に先駆け、前宣伝の効果を生みますよね」

「それだけじゃないんだ。岡田を泳がせておけばいずれ尻尾《しっぽ》をだす。あいつの逮捕が確実になってから、私は生還し、もういちどマスコミを騒然とさせる。杉浦李奈著『インタラプト』への世間の期待が、いやがうえにも高まるじゃないか」

「執筆はお断りします。この件にはもう関わりません。ただし入院病棟でもない場所に、行方不明者が隠匿されていた事実を知った以上、通報は市民の義務です。失礼します」

宗武が大声で呼びとめようとする。萩原も戸口に立ち塞《ふさ》がり、李奈を押しとどめながら血相を変えていた。

「頼む」萩原が泣きごとを口にした。「まちがっていたと認める。宗武君から強く望まれて、断わるに断わりきれなかった。でも私や妻が逮捕される事態までは、どうか……」

ため息が漏れる。李奈はいった。「夜中に宗武さんから助けを求める電話があったんでしょう。淀橋さんは手当ての最中に眠りこんでいたから奥様にまかせた。萩原先生はクルマで川辺に駆けつけ、宗武さんをピックアップしたんですよね」

「救急車を呼ぶように勧めたんだよ。目に見える外傷への治療だけでなく、検査してもらったほうがいいと……。でも彼は報酬を払うからと、私に極秘入院を頼んできた」

李奈は首を横に振った。「診療所は病院とちがい入院できません。ここも病室じゃありません。正式な医療契約として成り立たないでしょう。まして警察や宗武さんの家族にも黙ってるなんて、どこが極秘入院なんですか」

「申しわけない……。うちも改装費や機材の導入で、借金がかさんでつい……」

宗武が遠慮ぎみに弱々しく告げてきた。「杉浦さん。萩原先生を責めないでもらえないか。なにもかも私のせいなんだ」

「当然ですよ」李奈は宗武に目を戻した。「あなたの思いこみが状況をややこしくしてるんです。岡田さんの犯行にまちがいないと信じ、自分が行方不明のうちに一件落着になると踏んだんですよね？　岡田さんがすみやかに逮捕されると」

「……ちがうのか？　やったのは岡田だろ？　ほかに犯人なんて考えられない」

萩原医師が困惑顔でいった。「宗武さん。スマホは私のほうで預かってるし、なにも知らないのも無理はない。もう少し回復してから話そうと思ってたんだが……。岡田君はゆうべずっと五日市署にいたんだよ。解放されたのは日が昇ってからだ」

「な、なに⁉」宗武は心底驚いた顔になった。「岡田が署に連行されたのは知ってる。でも私をあんな目に遭わせたのは、夜のうちに解放された岡田にちがいないと思ってたのに……。ほかに誰か真犯人がいるってのか。誰だ？」

李奈は曖昧《あいまい》に答えた。「あなたの家の庭先で、ひとりランドクルーザーにこっそり近づき、ブレーキホースに穴を開けた人物です」

「そういわれても、家には大勢いた。私は二階で仕事をしてたが、みんなが食事中、個別に玄関を出入りする音を、わりと頻繁にきいた。私を殺そうとしたのが誰なのか、きみはわかってるのか？」

「はい」

「さすが聡明《そうめい》な杉浦さんだ！」宗武は顔を輝かせた。「頼む、教えてくれ。『インタラプト』のトリプルミリオン達成はまちがいなしだ。真相をきかせてくれ」

「宗武さん。あなたがここに隠れているということ自体が……」

「それについては責めを負う。事実を知りたくて、やむをえず身を隠したと警察に説明する。だから早急な通報など控えてくれ。それより真相だ。私を殺そうとしたのはいったい誰……」

「いい加減にしてください！」李奈は怒鳴った。「なにが真相ですか。なにが犯人ですか。これはミステリ小説じゃないんですよ！　奥様や娘さんがどれだけの量の涙を流したと思ってるんですか。海になるどころじゃないんですよ！」

宗武は絶句した。たじたじになり、しどろもどろに弁解を始めた。「志津恵や鞠乃を悲しませてしまうのはわかってた。でもじつは私が無事だったと知れば、きっと喜んでくれるだろう。サプライズみたいなもんだよ。しかも『インタラプト』大ヒットで、私も出世し、貯蓄も大幅に増える。家族みんなが幸せになるんだ。きっとあとになれば笑い話に……」

「なるわけありません！　本気でそう思ってるのなら、あなたとはこれまでです。妻子を泣かせて平気でいる人なんて、出版界に身を置くべきじゃないんです。いえ、社会のどこにも存在しちゃならない。あなたが生きてるとわかったら、世間はきっと京極夏彦さんの小説のタイトルを口にするでしょう」

「……ど、『どすこい。』じゃないよな?」

「『死ねばいいのに』です!　あなたは活字に書かれていることをまったく想像しない。だからいつも人にショックをあたえるほどの悲惨な話を出版できる。だけどいまは、この瞬間だけは文章表現を受けいれてください。志津恵さんも鞠乃さんも〝目を真っ赤に泣き腫《は》らし、大粒の涙をとめどなく滴らせて〟いたんですよ!　なにも感じないのなら、あなたは人ですらない!」

宗武は衝撃のいろとともに凍りついた。李奈を見かえしていないのは明白だった。視線は向けていていても焦点が合っていないからだ。虚空に浮かんだのは妻子の顔だろうか。やっと想像がそこに及んだのか。

「……萩原先生」宗武は憔悴《しょうすい》をのぞかせつつ項垂《うなだ》れた。「下でまっててもらえないか」

萩原は当惑をしめしながらも、神妙な顔で李奈に頭をさげ、部屋をでていった。階段を下りていく音が静かに響く。

しばし沈黙があった。宗武は肩を落としていた。「きみはすごいな……。いまの言葉は胸に響いた。たぶんきみが書いたものを読んでも、同じように感じただろう」

李奈も少しずつ冷静さを取り戻してきた。近くの椅子をひっぱってきて腰掛けた。

ベッドに座る宗武と同じ目の高さになった。

「宗武さん」李奈は静かにいった。「平成十年代の前半ぐらいですか、あなたが巻き起こしたのと同じように、泣けるという触れこみの小説がブームになったことがあります」

「ああ……。知ってるよ。おおいに参考にしたからな。涙活とか癒《い》やしとかいうワードとともに流行《はや》った。いい小説もたくさんあった」

「そうです。でもあのブームがなぜ終わったのかご存じですか」

「さあ。よくは知らない。うちとはちがう大手出版社が中心になったムーブメントだったし」

「病気で人が亡くなる悲しみをうったえた、当時の小説には名作が多くあります。でも問題はブームに味をしめた業界の姿勢です」

「業界の姿勢？」

「これはわたしも先輩作家のみなさんにきいた話です。ですが複数の方がおっしゃるのだから事実だと思ってます。あなたのような編集者が当時、激増しました。ヒロインができるだけ悲劇的に命を落とすこと。風変わりな症例で致死率の高い難病を調べあげること。有望女優の売りだしとリンクしたメディアミックスで本をより売ること」

　宗武の視線が床に落ち、自嘲《じちょう》ぎみに軽く鼻を鳴らした。「私もこの業界は長いし、編集者には横のつながりもあるからね。各社の名物編集者、数人の顔が思い浮かぶよ」

「そういう小説を書くよう、当時の作家たちは指示されました。でも一部の作家は……。人として生きていれば当然ですけど、身内に不幸があったり、自身が闘病中だったりした」

「……そうか。反発しただろうな」

「抵抗の意志は純文学以外のジャンルにひろがったんです。人の死なないミステリが同時多発的に生まれました。すべてが定石とは逆。どれも本業の探偵ではない、男性でなく女性が主人公で、犯罪捜査以外の知識を発揮し、誰ひとり命を落とさない世界での推理劇を描いた」

「それらが作家たちの反骨精神から生まれたというのか？」

「小笠原莉子《おがさわらりこ》さんにききました。彼女は実在の人物ですが、モデルになった小説が……」

「ああ。よく売れたってな。似たような設定のライトミステリが、ひところ書店の文庫コーナーにあふれかえって、それぞれシリーズが何百万部にも達して……。たしかに病と死をあつかう純文学を駆逐した」

「そうです。世間には知られていない、業界人のみが認識する、静かな改革でした」

「多くの作家が同時に、共通する発想を持ったのは、島崎藤村《しまざきとうそん》や田山花袋《たやまかたい》に反発する……」

「夏目《なつめ》漱石《そうせき》や森鷗外《もりおうがい》のようなものです。自然主義文学に批判的な姿勢が、耽美《たんび》派や白樺《しらかば》派、新現実主義を生んだのと同じです。殺人を描くのが当然のジャンルで、死を排除した物語の可能性を広げることで、作家は業界にしめしたのだと思います。人の命をたいせつにする物語の重要さを」

カーテンから射しこむ陽光が、宗武の顔を部分的に照らしている。年輪のような皺《しわ》に幾重もの線状の影が浮かぶ。静かにうつむいたまま、宗武は動かなかった。外をクルマ一台が通りすぎていく音がきこえる。物音もそれだけだった。

「私は」宗武がつぶやいた。「生き延びた。ただの偶然だろう。でもそのおかげで、人の死なないミステリになったな」

「生きているからこそ、あなたの物語はつづくんです」

「きみは……。人の死にも多く直面してきたな」

寒々とした漁港、規制線と大勢の鑑識課員、あの殺伐とした風景が一瞬だけ目に浮かんだ。悲哀が胸を鋭くよぎる。李奈は感情の奥底から声を絞りだした。「わたしは現実に生きる人間ですから……。多くの別れを経験して、より重く感じるようになったんです。小説とは登場人物に命を吹きこみ、読者と共有するものだと」

「登場人物……か」宗武は自然に目を閉じた。「きみも私もある意味、現世に生を受けた登場人物なのだろうな」

また静寂が戻ってきた。陽射しは赤みを帯びつつある。光線のなかだけ室内を漂う埃《ほこり》が浮かびあがる。ミクロなものに意識を向けようとすれば際限なく可能になる。これが生きている証《あかし》なのだろう、李奈はそう自覚した。

宗武は目を開けると力なくささやいた。「すべてきみが正しいんだろう、杉浦さん。けれども私はいまからどうすればいいのか……。まだ命を狙われてるんだとすれば……」

ごくふつうの人間らしさをのぞかせる宗武に、李奈はようやく安堵《あんど》した。「わかりませんか？　これが小説なら全体は二十四節ぐらいになります。次は二十二節あたり。もう真相の解明ですよ。まず容疑者以外の証人を誘ってアパートへ行きます……」

22

斜陽が赤みを濃くしていた。田舎の素朴な風景として描写されがちなすべてがここにある。飛びまわるトンボ、カラスの鳴き声、防災無線の奏でる時報。木々が微風にざわめくなかを、李奈は飯星とともにアパートに向かった。

飯星が歩きながら告げてきた。「稲葉さんは二階の部屋から岡田さんを閉めだして、けっしていれようとしないんです。だからいま、やむをえず私の部屋にいるのを許してます。ただ……」

「なんですか」李奈はきいた。

複雑な面持ちで飯星が応じた。「まだ直接口をきく段階じゃないかと……。私も冷静でいる自信がありません。サシで話すのは、もっと先にすべきかと」

「部屋に戻りたくないんですね」

「ええ。だからきょうはずっと警察の捜索につきあっていました」

「でも犯人を見つけるには、容疑者以外のおふたりにこそ、ぜひ協力していただかないと」

「協力？　いったいなにをするんですか」

「岡田さんを交えて話しましょう」104号室のドアの前に着いた。李奈は微笑とともに飯星をうながした。

飯星は腑《ふ》に落ちない顔で鍵《かぎ》をとりだし、ドアを解錠した。ふたりでなかに足を踏みいれる。靴を脱ぎ、短い廊下を進み、奥の書斎に入った。

窓から射しこむ夕陽が室内を紅一色に染める。岡田は正座して飯星の帰りをまっていた。物音をきいて居住まいを正したのかもしれない。李奈と飯星を見るや、岡田は深々と頭を垂れ土下座した。

やれやれという顔で飯星が床に腰を下ろした。「顔をあげてください。帰ってきたのは杉浦さんにいわれたからです。なんでもふたりに話があると」

岡田が身体を起こした。茫然《ぼうぜん》とした面持ちで李奈を見つめてくる。「どんなお話ですか」

李奈も足を崩しぎみに座った。「おふたりにはアリバイがあって、容疑者ではありません。だからこそおききしたいんです。事実をはっきりさせるために」

飯星が李奈を見つめてきた。「なにをおたずねになりたいんですか」

「質問は明確です」李奈はまず飯星を見かえし、次に岡田に目を移した。「なぜ宗武さんの殺害に踏みきったんですか」

赤く変色した古いフィルムのような眺めだと李奈は思った。それもスチルカメラで撮った一枚の写真に似ている。ふたつの被写体はぴくりとも動かなかった。飯星と岡田は身じろぎせず、かといって呆気《あっけ》にとられたようすもなく、揃って硬い顔で見つめてきた。

岡田の声はまだ純粋な驚きの響きを帯びていた。「なにをいうんですか」

飯星もうなずいた。「杉浦さん。あなたは大勢の関係者の話をきいたでしょう。それこそ『インタラプト』なる下書き原稿を持ちまわり、事実をたしかめたはずです」

「ええ。たしかにききました。あれこれ起きてからは、鳳雛社の社員さんたちの見方や解釈も変わってきました。だけど最初にみなさんが口を揃えていたことが真実です。編集部の全員が認めてました。飯星さん……いえ橋山さんと岡田さんは名コンビだったと。信頼の強い絆《きずな》で結ばれ、ふたりでの成功を誓いあってると」

今度はふたりの表情に変化が表れた。焦燥のいろが濃いように思えた。図星だと岡田の顔には書いてある。飯星のほうはもう少しポーカーフェイスを維持していたが、そわそわしだしたのはあきらかだった。

「な」飯星はぎこちない笑いを浮かべた。「なにをいうかと思ったら……」

李奈は遮った。「KADOKAWAの菊池さんは、いつも謎解きにページを割きすぎると不満たらたらですが、今回は満足のいく長さにおさまるでしょう。状況が単純だからです。おふたりは意気投合してた。そのまま成功したかったのに本が売れない。だからいちどだけ宗武さんを頼ることにした」

橋山は自分の創作意欲を抑え、宗武の気にいるであろう、ヒロイン病死のお涙頂《ちょう》戴《だい》小説を書き上げた。宗武の商売人としてのノウハウと人脈、バイタリティを一回のみ利用し、橋山将太がベストセラー作家の仲間入りを果たすこと。それが目的だった。むろん宗武に本気をださせるためには、橋山の小説の売り上げが、宗武の成績に直結せねばならない。宗武に担当になってもらう必要がある。橋山は岡田を見限ったふりをし、宗武の信奉者を演じきった。

ふたりの目論見《もくろみ》はまんまとうまくいった。ところが成功の規模は予想をはるかに超え、『涙よ海になれ』は空前の大ブームとなってしまった。宗武は今後も飯星こと橋山を手放さないのが必然となり、しかも編集長就任まで決定済みとなった。このままでは橋山と岡田のコンビは復活できなくなる。

李奈はいった。「大儲《おおもう》けできるようになったのだから、担当が宗武さんでもかまわないはず……世間はそう思うでしょう。でも作家業のわたしにはわかります。小説を書くのは苦行です。精神的にもかなりきつい作業になります。合わない担当編集のもと、納得できない方向性で執筆しつづけるなんて、とても耐えられません」

岡田の顔には動揺のいろが浮かんでいた。飯星はそれを気にしたように、何度となく岡田に目配せしている。その飯星も李奈と視線が合うや、やはり狼狽《ろうばい》を隠しきれないようすで、さかんに頭を掻《か》きむしった。

「だ、だけど」飯星が声をうわずらせた。「それで宗武さんを殺そうとするなんて……。ありえないでしょう」

「そうですか？」李奈はまっすぐ飯星を見つめた。「作家なんだからきっとおわかりのはずです。編集者とのコンビは夫婦と同じです。望まない結婚をし、ひとつ屋根の下で一緒に暮らさざるをえなくなれば、将来に絶望せざるをえません。しかもこれは仕事ですから、逃げれば収入が絶たれます」

「夫婦とはちがいますよ。作家はフリーランスです。ほかの版元の編集とつきあえばいい。名前が売れたらなおさらです」

「宗武さんは業界内で知られた有名編集者です。裏切ったりすればどんな手を使ってくるかわかりません。ゴシップを流されるかもしれないし、露骨な営業妨害もあるでしょう」

「それはそうですが……」

「なによりあなたには岡田さんとの友情があった。センスが一致していただけでなく、固い絆で結ばれていたんです。小説家が乗り越えていく創作の苦悩の日々に、信頼できるパートナー以上の存在はありえません」

宗武が担当した『涙よ海になれ』と路線が変わっても、いちど名が売れた飯星佑一の小説は重宝される。書店で大きく扱われるうち、岡田と組んだ本来の路線でも、新たな読者を開拓できる……。飯星も岡田もそこには自信満々だった。というより、それ以外の未来はありえないと考えていたふしがある。

よって宗武の早急な排除がふたりの課題になった。宗武が消えさえすれば、あとは飯星が岡田としか組みたくないと主張すればいい。飯星佑一のダブルミリオンセラー作家という肩書きは継承されたうえで、岡田との蜜月《みつげつ》が戻ってくる。

岡田は震える声で告げてきた。「杉浦さん。やはりあなたはまだ若い……。失礼ながら人を見る目が培われていないようです。もっと歳を重ねれば真実が見えるようになります」

「だいじょうぶです」李奈は動じなかった。「このところ濃い経験を重ねましたから」

状況をややこしくしたのは、宗武ひとりだけが、なにも知らなかったことだ。阿佐ケ谷駅北口のロータリーで、キャンピングカーのキャビンで向き合ったとき。宗武は怪しげな人物だったが、嘘をついているようには見えなかった。タイヤをパンクさせ、改札に逃げこもうとしていた岡田にも、芝居っぽさは皆無だった。当然のことだ。宗武に捕まらないよう、岡田が必死に逃げねばならないのは、まぎれもない真実だったからだ。

さらに岡田の視点で記された『インタラプト』の下書きにもひっぱられた。あれがまだ取材前の、勝手な憶測で執筆された内容だと知っていても、どうしても描写から受ける第一印象に流されてしまう。

しかしあの下書きにも参考になる記述があった。社長が岡田を信頼し、少々の不祥事ではクビにしない背景があったとわかった。だからこそ岡田が宗武に嫌がらせをしても、社員でありつづけられる。のちに飯星の担当に復帰できる下地ができていた。

飯星がため息をついた。「杉浦さん、重要な点ですが……。ブレーキホースに穴が開けられたとき、岡田さんは五日市署に、私は竹芝へ向から電車内にいたんです」

「アリバイ工作です」李奈はあっさりといった。「宗武さんによれば、あなたには埼玉に弟さんがおられるとか。けさお帰りのとき、胸ポケットにサングラスをしまっていましたよね。でかけたのは夜なのに不自然です」

「……竹芝へ行ったのは、サングラスをかけた弟だと？」

「弟さんに協力を頼んでおき、同じサングラスと服装で武蔵五日市駅に来させ、スマホとＨＤＤを渡す。コロナ禍が明けても、まだマスクをしている人も多くいますから、サングラスにマスクまでしていれば、街頭防犯カメラもごまかせるでしょう」

「竹芝のレジュレクシオンでは担当者とさかんにやりとりしたんですよ！」

「午前零時半ごろに窓口に着いただけです。なぜ待合室があるかといえば待たされるからです。銀行窓口と同じく、受付で番号札の発行を受け、あとはしばらく待合室です。弟さんは一時間粘ればよかった。飯星さんがレンタカーで宗武家に戻り、ブレーキホースに穴を開けてから、また竹芝に向かう。入れ替わってから飯星さんが担当者と対面すればいい」

もし一時間以内に呼ばれたら、急用のふりをして順番を遅らせてもらうことになる。だがレジュレクシオンの事情を知らない李奈でも、そんな可能性が低いことはわかる。いまどき都心の一等地で二十四時間営業するのは、それだけ需要があるからだし、深夜は人手も少ない。

飯星の表情が険しくなった。「肝心なことを忘れてますよ。ＨＤＤを復元しなきゃいけなくなったのは、岡田さんが埋めたＳＤカードやＵＳＢメモリーが、熊のせいで全滅したからです。あれは不測の事態でしょう」

李奈は首を横に振った。「岡田さんは単純に、この部屋から盗んだとみせかけたそれら記録媒体を、一時的にも逃走経路に隠したにすぎません。わざと捕まるにあたり、なにも持っていないことにしたかっただけです」

「でも聡明《そうめい》な杉浦さんは、現にＳＤカードとＵＳＢメモリーの隠し場所を見つけたじゃないですか！」

「それらには原稿データなんか入ってなかったでしょう！　飯星さんは最初から空っぽの記録媒体を机のなかにしまっておいたにすぎません。宗武さんが部屋に来たとき、それらの存在を見せつけておいたけれども、じつはなんのデータも記録していなかった」

「そんな馬鹿な。執筆中はこまめに記録媒体にバックアップをとります。あなたも作家ならわかるでしょう」

「バックアップはクラウドか、どこかほかにありますよね？　窃盗被害の状況さえ演出できればよくて、記録媒体はそのための小道具でしかない。見つかったとしても一枚残らず空っぽだとわかります。だからあなたはＨＤＤの復元に向かわざるをえないんです」

岡田の陳腐な逃走劇および、飯星が宗武と李奈を巻きこんだ追跡劇。茶番により岡田は五日市署、飯星は竹芝と、アリバイが構築された。

飯星の頰筋《きょうきん》には痙攣《けいれん》がみられた。「ほ……ほかにも大勢、宗武さんに立腹してる人たちが、あの夜には家に……」

「みんな和室広間にいるときに、警察からの偽電話がかかってきました。あの場にいなかったのは飯星さんと岡田さんだけです」

「共犯者がいた可能性もあるでしょう」

「あなたがたおふたりのようにですか？　利害や動機が一致する、ふたり以上の関係となると、ほかには見あたりません。消去法でもあなたがたに絞られます」

岡田が堪《たま》りかねたようにきいた。「証拠は……？」

李奈は岡田を見たものの、また飯星に目を戻した。「警察に連絡して、あなたの弟さんが昨夜どこにいたか、本人に事情聴取してもらうだけです。鑑識が本気になれば、駅やレジュレクシオンの防犯カメラも詳細に解析するでしょう。サングラスにマスク、背格好が似ていても、兄弟の区別はつくと思います」

室内はまた静かになった。岡田がうろたえたようすで、飯星に目で救いを求める。

だが飯星は我を失ったように身悶《みもだ》えし、呼吸も荒くなる一方だった。やがてピークを過ぎたのか、深く長いため息とともに肩を落とした。

うつむいたまま飯星がささやいた。「杉浦さん。人殺しふたりと部屋にいて、恐怖をおぼえないか」

「いいえ」李奈はすなおな思いを言葉にした。「失敗する可能性が残っても、直接手を下さない方法にうったえたのは、迷いがあったからでしょう」

岡田の切実なまなざしが見つめてきた。「そうだとも。でもわかるだろう。宗武が大物編集者として君臨したんじゃ、文学の世界は大打撃だ。なにもかもおかしな方向に傾いてしまう」

飯星も力説してきた。「僕らは自分たちの私利私欲のためだけに暴走したんじゃない。小説の未来を憂えていたんだよ。金を稼げる本こそが、なにより価値あるものとされたら、文芸はでたらめなものになる。心ない著者が読者の情動をもてあそぶだけの、陳腐な架空話だけが小説を意味し……」

ふたりとも主張に必死になりすぎ、廊下にきこえる微妙な物音が耳に届かないようだ。李奈は穏やかにいった。「おふたりとも殺人犯にはなりません。憂慮なさっているような未来にもならないと思います」

飯星と岡田は意味がわからないらしく、どちらも困惑のいろを浮かべた。ふたりの視線がさまようらち、戸口に釘付《くぎづ》けになる。揃ってぎょっとした顔に変異した。けれどもほどなく驚きを通り越し、あきらめに似た表情に転じていった。すべての終焉《しゅうえん》を悟り、かえってほっとしたような、そんな心境にも見える。

開け放たれたドアの外、廊下に立っている男がいた。三角巾《さんかくきん》で右腕を吊《つ》り、松葉杖《まつばづえ》をついた宗武は、特に怒りをしめすでもなく、ただ静かにたたずんでいた。

23

黄昏《たそがれ》の空の下、宗武家の庭には無数の赤色灯が波打っている。多くのパトカーが集結していた。

李奈が立つ場所の近くには救急車が停まっている。跳ね上がった後部ハッチから、救急救命士の手を借り、宗武が車外に降り立った。片腕と片脚が不自由なため、行動がかなり辛《つら》そうだ。李奈は歩み寄ると宗武に手を貸した。

私服と制服の警官らが見守るなか、李奈は宗武を支えつつ、ゆっくりと家の玄関へと向かった。すると引き戸が開いた。

姿を現したのは妻の志津恵だった。すでに連絡を受けていても、志津恵はなお信じられないようすで、ひたすら宗武を見つめた。

次いで娘の鞠乃が駆けだしてきた。鞠乃は感情を隠そうともしない。とっくに鼻の頭を真っ赤に染め、絶えずすすり泣いている。父親を見たとたん、目に大粒の涙が膨れあがった。すぐに表面張力は限界に達し、ひとすじの雫《しずく》が頰を流れ落ちた。

「お父さん」鞠乃は幼児のように泣きじゃくりだした。「うわあああん!」

声をあげて泣くのは鞠乃だけではなかった。志津恵も同じありさまだった。人目をはばからず大泣きしながら、母娘ふたりが駆け寄ってくる。

宗武は言葉を失ったようすで立ち尽くしていた。まのあたりにする光景に想像が及んでいなかった、そんな驚きと戸惑いの感情がありありと浮かぶ。けれども宗武はいま理解したにちがいない。これがふつうの家族だと。愛する身内を失うのは、とてつもなく悲しいことなのだと。

目を潤ませながら宗武が歩きだした。妻と娘に迎えられるべく近づいていく。一家三人がまとまった。夫を見上げる志津恵の涙顔に、喜びの微笑が織り交ざった。鞠乃のほうはまだ泣くばかりだったが、ためらうようすもなく父に身を寄せた。

妻子と抱き合う宗武がなにかをささやいた。耳をそばだててきく必要などなかった。

宗武が自分の家族に向けた、おそらく詫《わ》びのひとことだ。李奈の役割はもう終わった。静かに立ち去るときがきた。

後方を振りかえった。パトカーの群れの外側に、セダンやミニバンが停車している。松原議員や稲葉、艘崎らが見守っていた。李奈は宗武の家族に背を向けると、ここから離れるべく歩きだした。駅まで送ると約束してくれた友人がいる。

白濱瑠璃は両手をジャケットのポケットに突っこみ、ミニバンに寄りかかっていた。李奈を一瞥《いちべつ》するや、瑠璃は軽く鼻で笑った。「『インタラプト』の終章を書き上げたのは、やっぱり杉浦さんかぁ」

思わず笑みがこぼれる。李奈は首を横に振った。「あれは下書きじゃありません。残りの章もあなたが書いて完成させてください。白濱瑠璃著『インタラプト』として」

「……それがいいかもね」瑠璃は車体側面から背を浮かせた。「出版される見込みがなくとも」

「出版されますよ。鳳雛社が無理なら、わたしがKADOKAWAを説得します」

助手席に向かう李奈を、瑠璃は目で追ってきた。李奈がクルマに乗りこむ前に、瑠璃が声をかけた。

「あのさ」瑠璃はいった。「あなたについて書くなら、最初の岩崎翔吾事件から書きたいかも」

李奈は瑠璃を見かえした。「それはちょっと……」

「なんで？　凜田《りんだ》莉子の小説シリーズがあるんだから、あなたのがあってもおかしくないでしょ」

どう断わろうか迷っていると物音をきいた。宗武が松葉杖をつきつつ、遠慮ぎみに歩み寄ってきた。

宗武が神妙にささやいた。「杉浦さん、これでお別れだね。短いあいだだが本当に世話になった。おかげで目が覚めたよ」

これから家族と過ごす時間がまっているのだろう。あまり長く邪魔をしたのでは悪い。李奈は助手席のドアに手をかけた。「わたしにとってもいい経験になりました」

「ひとつ提案があるんだが、きいてもらえないかな」

「なんですか」

「『十六夜月』だが……。ぜひうちで出版したい。もちろんきみが書いた結末のままで」

予想もしなかった言葉に、しばし頭がついていかない。驚きが醒《さ》めやらないうちに、当然ながら嬉《うれ》しさがこみあげてくる。胸が詰まるのを感じながら、李奈はうなずいた。

「はい」

穏やかに微笑む宗武に見送られ、李奈は助手席に乗りこんだ。瑠璃が運転席でエンジンをかける。

宗武のもとに志津恵と鞠乃も歩み寄った。一家三人とそれを取り巻く人々が、名残惜しげに別離のまなざしを向けてくる。

視界が涙にぼやけ、赤色灯の放つ光が滲《にじ》んで仕方がない。岩崎翔吾事件の結末を思いだした。心はあのときから宙ぶらりんで、たとえ事件が解決しようとも、物語は終わっていなかったと強く感じる。いまここでようやくひとつの区切りがつきそうだ。胸の奥に負った傷や、ぽっかり空いた空虚さが、今度こそ埋められようとしている。吉川英治《よしかわえいじ》のいったとおりだと李奈は思った。晴れた日は晴れを愛し、雨の日は雨を愛す。楽しみあるところに楽しみ、楽しみなきところに楽しむ。

24

鳳雛社刊『十六夜月』が、紀伊國屋書店新宿本店の週間ランキングで、国内文芸総合三位になったときかされた。李奈はそれほど驚かなかった。

売れるとうぬぼれていたわけではない。新宿本店では『十六夜月』の拡販パネルを設置し、ワゴン売りをするときいていた。世間にはあまり大きな声でいえないが、大型書店のワゴンコーナーは出版社が月額で買う。鳳雛社もまずはめだつ店舗で、大々的に売りだそうとしたのだろう。たくさん入荷した本を平積みにしているのだから、それなりに売れて当然だと李奈は思った。

次の週、ジュンク堂書店池袋《いけぶくろ》本店で文芸書の棚の横一段が、ぜんぶ『十六夜月』の面だしで埋まっているのを見た。今度は費用を払ったとはきいていなかったため、李奈はそれなりに喜びを感じた。ただし都内最大規模の書店だけに、新刊書を扱ってくれる面積も、ほかより大きめにちがいない。もちろん李奈の過去作は池袋本店でも、棚差し一冊が原則だったが、今回は鳳雛社の営業が力をいれたにちがいない。とはいえ来店者の視線は下を向く。低い位置のワゴン売りのほうが、棚の中段よりも目にとまりやすい。そんなにいい扱いでもない、李奈はそう思い直した。

阿佐谷の書楽という店では実際、小さなポップと数冊の平積みがあるだけでしかなかった。新刊本のコーナーはいつもいっぱいで、数週間後には『十六夜月』は見あたらなくなり、ポップだけが残っていた。売り切れたと好意的に解釈したいところだが、もっと売れる本を置くために、ただ排除されただけとも考えられる。恐る恐る店員に、ポップについてきいてみた。すると店員は、在庫なしですねといい、ポップを取り除いてしまった。李奈は失望とともに後悔した。ポップだけでもあったほうが、少なくとも題名の宣伝にはなったかもしれない。

つきあいのある編集者らはみな『十六夜月』を読んでいた。売れているねと誰もがいう。しかしそもそも本というのは、たった数万部が動いただけで、かなり人気があるように喧伝《けんでん》されるものだ。事実として儲《もう》かっていない。暮らしぶりも変わらない。たぶん『十六夜月』はこのまま店頭から姿を消し、また新作を供給する必要に迫られるのだろう。

角川文庫向けにシリーズ作品の原稿を書いているとき、那覇優佳が連絡を寄越してきた。『十六夜月』のベストセラー祝賀会を開こうとの提案だった。李奈は苦笑ぎみに、バイトのシフトで忙しいからと断わった。

するとある日の夕方すぎ、優佳が李奈のマンションを直接訪ねてきた。ドアを入るなり優佳は猛然と抗議した。「ちょっと李奈。わたしの盃《さかずき》を受けられないっての？」

「盃って」李奈は面食らった。「そっちの筋でもないのに」

「ったく、ちょっと売れだしたらお高くとまっちゃって。予約したお店に櫻木沙友理さんも来るんだよ？　当の李奈が欠席なんて失礼だと思わない？」

「櫻木さんが？　でもどうしてそんなに……」

「あー、やだやだ。そんなに売れてませんよの謙遜《けんそん》顔。李奈がそういう子だとは思わなかった」

「まってよ……。ほんとに収入がないんだってば。今月の家賃もシフトをぜんぶこなして、やっとまかなえるぐらいだし」

「ひょっとしてマジで自覚ない？」優佳は目を丸くした。「あきれた。鳳雛社から重版のたびに手紙は来てるでしょ？」

「来てるけど……」李奈はシューズボックスの上に手を伸ばした。山積みになった郵便物から、同じ種類の封筒の束をより分ける。

優佳がそれらをひったくった。封筒のなかの書類を見て、優佳は甲高い声を響かせた。「見てよ！　先々週、先週、今週。ほとんど三日か四日おきに、数万から十数万ずつの重版じゃん！」

「重版って……。十数万ってのは印税の合計額だよね？」

「ちょっと李奈。活字がちゃんと読めなくなった？　印税額じゃなくて、日付ごとに増刷分の部数が記載されてるの。今月……百万部超えてんじゃん！」

「恒例の冗談はお酒が入ってからにしてほしいんだけど」

「寝ぼけてんの？　ほんとだって！　0の数を見なかったわけじゃないでしょ？」

「ざっと見たけど、どうせどっかに小数点があるんじゃないかって」李奈は狐につまれた気分で、優佳の手もとをのぞきこんだ。「ほんとなの？」

「あー、売れない作家あるある。ぬか喜びが連続しすぎて、吉報を信じられない病にかかってる。わたしもそうだからよくわかるよ。でもこれはKADOKAWAの菊池さんに見せびらかしてやらなきゃでしょ。早く着替えて！　首に縄をつけてでもひっぱってくからね」

　宴の席でようやく李奈は、いままでの状況とはちがうようだ、そんなふうに実感しだした。優佳や沙友理、曽埜田ら友達はみな、涙を浮かべ祝福してくれた。

　翌月末になり、実際に振り込みが始まると、李奈はただ目を疑った。ネットバンクの残高が、まるでバグでも起こしたかのように、日に日に増えていく。思わず円ではなくウォンに切り替わっているのかと疑ったが、仮にそうだったとしても、いままで見たことがないほどの大金だった。しかも単位は当然ながら、まぎれもなく日本円だと確認できた。

　いままで縁のなかった出版社の編集者らが続々と、毎日のように自己紹介してきた。

日本文藝家協会や推理作家協会の懇親会でも、多くの人々から挨拶《あいさつ》があった。特に推協のパーティーでは、ビンゴゲームに当たってもいないのに壇上に呼ばれ、スピーチを求められた。列席者は名だたる作家が顔を揃えていた。李奈はすっかり緊張してしまい、なにを喋《しゃべ》ったかまるでおぼえていない。

毎日新聞と産経新聞に『十六夜月』ブームとの記事が掲載され、NHKがニュースを報じるに至り、やっと李奈は自分の作品が世間に認められたと確信した。かつてないほどたくさんの書評があふれかえった。病に打ちひしがれるのではなく、明るく前向きに乗り越えていく主人公の健気《けなげ》さが秀逸で、読むだけで癒《い》やされ励まされる。そんな感想が大半を占めた。

丸《まる》の内《うち》オアゾにある丸善本店のビルの外壁に、〝『十六夜月』二百万部突破〟の垂れ幕がかかっているのを、李奈は向かいのカフェテラスに陣取り、長いこと眺めていた。朝の開店から夜の閉店までそこにいた。夢なら覚めないでほしいと本気で願った。一日じゅう目を向けていても、垂れ幕を見ていた合計時間となると、おそらく三十分に満たない。ほとんど涙で曇っていたからだ。

貯金が増えても、李奈は買い物を増やさず、阿佐谷のマンション生活をつづけた。暮らしぶりにはなんの変化もなかった。コンビニのバイトも辞めずに続行した。

レジカウンター内で店長がぼやいた。「杉浦さん、ここを店ごと買い取って、俺を雇ってくれないかなぁ。正直なところ経営は大変すぎて」

青いユニフォームの李奈は微笑した。「ちゃんと今後も働いてお店を支えますから」

「ほんとに？　でもなんでバイトをつづける？」

「おこがましいですが、これからもずっと世間とつながっていたいので……」

人との出会いがなければ人について描けるはずもない。この世のすべては物語だと李奈は思った。どこからどこまでが起承転結かわからない。人間模様はいつも予期せぬ刺激的な展開に満ちている。

若い女性客がレジの前に来た。李奈は接客に入った。「いらっしゃいませ」

商品にひとつずつバーコードリーダーをあてていく。苺《いちご》とベイクドチーズのクレープ。ティラミス風サンド。ボタン電池。それに本が一冊、『十六夜月』。

なんともいえない感慨が胸のうちにひろがる。女性客の目は逸《そ》れていた。たぶん杉浦というネームプレートにも気づいていない。李奈は『十六夜月』のバーコードを読みとった。

女性客が向き直った。「あ……」

李奈はどきっとした。「はい？」

「これ……」女性客はdポイントカードを差しだした。

呆気《あっけ》にとられたものの、一瞬ののちに自分の心情が滑稽《こっけい》に思え、李奈は笑顔になった。バーコードリーダーをカードにそっとあてがう。ピッと電子音が鳴り響いた。

解説

タカザワケンジ（書評家）

二十代の新人作家、杉浦李奈《すぎうらりな》が活躍するシリーズ第九作である。

だが、シリーズものだからといって、これまでの八巻を読まなければ楽しめないいわけではないからご安心を。出合った時が読み時。初めて読む読者にも十分配慮されている。

新人作家といっても、杉浦李奈はすでにライトミステリ数冊と一般文芸ミステリ、ノンフィクションの著作がある。しかし筆一本で食べていくことはできずコンビニでアルバイトの身だ。小説家というと華やかなイメージがあるが、それはほんの一握り。書き続け、売れ続けるのは生半可なことではない。

ＫＡＤＯＫＡＷＡとのつきあいがメインの李奈は、文芸出版の老舗《しにせ》、鳳雛社《ほうすう》の編集者から声がかかり期待が膨らむ。伝統ある鳳雛社なら、ジャンルの制約にとらわれない純文学作品が刊行できるかもしれないからだ。

連絡をしてきた編集者、岡田《おかだ》との打ち合わせはあまりパッとしたものではなかったが、完成した純文学作品『十六夜月』をメールで送ると賛辞が返ってきた。出版に一歩近づいたと思いきや、打ち合わせで手直しを提案されてしまう。上司からのダメ出しがあったというのだ。女性主人公が難病を克服するという後半のプロットを、そのまま亡くなってしまう悲劇にせよ、とのお達しである。

なぜか。

李奈に修正を命じた副編集長は宗武義男《むねたけよしお》。出版界で有名なヒットメーカーで、幾多のヒット作を世に送り出してきた。その成功法則の一つが、女性主人公が難病により死を迎える「喪失」の物語なのである。

読者はここで何作か、若い女性が亡くなる物語を思い浮かべると思う。私の世代でいえば、最初は子供の頃に角川文庫から出ていた『ラブ・ストーリー ある愛の詩』(映画作品がヒットし、本も大いに売れた)を読み、学生時代に村上春樹《むらかみはるき》の『ノルウェイの森』(緑と赤の装幀《そうてい》が斬新だった)、さらに大人になってからは片山恭一《かたやまきょういち》の『世界の中心で、愛をさけぶ』が社会現象になった(映画版もテレビ版もヒロインが人気女優に)。いずれもすでに古典となっており、いまでも読み継がれ、語り継がれている。ほかにも幾多の「若い女性が亡くなる」小説があり、ドラマや映画もヒットしてきた。読者によっては、その中に忘れられない作品もあるだろう。病いと死はつねに若者の心を揺さぶる定番のモティーフだと言える。

しかし『十六夜月』は「喪失」の物語ではなく、編集者の岡田いわく「一縷《いちる》の希望の光が眩しいほどに輝く」作品なのだから、根本から違う。李奈は修正を断り出版を辞退したが、『十六夜月』に未練のある宗武が面会を希望する。そこでも話は平行線。同じ出版界にいるとはいえ、二人の運命は交わることなく進むはずだった。

本作の魅力の一つは、この宗武という中年の編集者である。ポジション的には「悪役」だが、なかなかどうして、そのアクの強さとプラグマティズムは侮れない。文芸を聖なる芸術と考える向きには腹立たしい存在だが、本も商品である以上、売れない本ばかりでは出版社がつぶれてしまう。そもそもただの悪人、粗忽者《そこつもの》にはベストセラーはつくりだせない。好き嫌いはともかく、なかなかに興味深い人物なのである。

宗武は李奈に書き上がった原稿を直せと言うだけではない。もっととんでもない提案をしてくる。すでに途中まで書かれている実録小説『インタラプト』を読ませたうえで、李奈にその続きを書けというのだ。そして李奈の著書として発表したいと。

いやはや。これはさすがにとんでもない。

李奈も啞然《あぜん》とするが、宗武はこう反論する。

「あらかじめ打ち合わせをして、プロットを作り、そのあらすじに沿って書いてもらうというのも、ある意味で事前に方向性を定めておく方法だ。これはもっと効率的に、版元の要請と著者の創造性が一致をみる、画期的な手段だよ」

なるほど創作方法に唯一絶対はない。文芸以外の分野に目を向ければ、映画もドラマもアニメも複数の人間が脚本を書くのがあたりまえだ。絵画でもルーベンスのように工房形式で絵画を大量生産し一時代を築いた画家がいる。変則的な共作だと思えば、宗武が主張する方法も理がないわけではない。

しかし、李奈が持つ作家像には一致しない。当然、断ってしかるべきなのだが、引っかかることがあった。それは実録小説の主人公が鳳雛社の編集者、岡田だということだ。しかも岡田は現在行方不明だという。李奈は小説に書かれていたこととの真偽が気になり、条件付きながら宗武の依頼を引き受ける。

écritureシリーズは文芸業界の裏側をリアルに描いていると評判だ。たしかに今作でも本を出していながらコンビニでバイトをしなければならない現実や、小説が刊行されるまでの困難、売るためにはどんなことでもしかねない編集者と、その方針に反対する編集者との対立が生々しく描かれている。誇張はあるかもしれないが、業界の隅にいる私の見聞とも一致する。

売れなければ本は出ない。しかし似たような話ばかりでは読者に飽きられる。そこで今作のサブタイトル『人の死なないミステリ』というフレーズである。病気で人が亡くなる小説のヒットに味をしめた出版社の姿勢に作家たちが反発し「人の死なないミステリが同時多発的に」生まれたというエピソードが作中で紹介されている。「人の死なないミステリ」と言えば松岡圭祐《まつおかけいすけ》の「万能鑑定士Q」シリーズである。キャッチフレーズは「面白くて知恵がつく 人の死なないミステリ」。李奈が「世間には知られていない、業界人のみが認識する、静かな改革」と評するのは、実は松岡圭祐が先鞭《せんべん》をつけたライトなコージー・ミステリのことなのである。

業界の趨勢《すうせい》、世のトレンドに群がる編集者たちが焼畑農業のごとくジャンルを焼き尽くす一方で、新たな土地を開墾しようとする作家、編集者たちもいる。李奈はむろん後者であり、一言一句自分の作品であることにこだわる。古風であるとも言えるが、いまとなっては逆に新しいかもしれない。

小説は自由だ。一人で書いてもいいし、何人で書いてもいい。しかし、小説が一人か、せいぜい二人（エラリー・クイーン、岡嶋二人《おかじまふたり》、降田天《ふるたてん》など）で書くのには理由があると私は思っている。読者もまた一人で小説を読むからだ。

朗読しない限り、本は複数人では読めない。著者と読者がともに想像力を駆使し、秘密の世界を共有するような親密な関係を結ぶのが小説の醍醐味《だいごみ》なのである。

松岡圭祐という作家はそうした小説の特性を熟知している。小説家としてのノウハウをここまで書くかというくらい明らかにした『小説家になって億を稼ごう』を読めばよくわかる。いわゆる小説の書き方本は世にあふれているが、この本は相当に型破りだ。

読書は誰にでもできることではなく生まれ持っての才能が必要である、現代の読者は映画やドラマ、動画、アニメなどから得た視覚イメージを想起しつつ小説を読んでいる、など冷静かつ客観的に小説が置かれた現状を認識し、そのうえでなお小説の可能性を模索している。

調べてみると、『小説家になって億を稼ごう』の発行日が二〇二一年三月。écritureシリーズ第一作『écriture　新人作家・杉浦李奈の推論』の発行日が同じ年の十月なのである。推測になるが、écritureシリーズは松岡圭祐の小説論を立体的に展開する小説であると同時に、本当に面白い小説とはどんなものかを突き詰める野心作ではないだろうか。実際、『小説家になって億を稼ごう』に書かれている松岡の小説論はこのécritureシリーズにしばしば顔を出している。

ところで、先ほどの「人の死なないミステリ」について、李奈がこう申し添えているのは見逃せない。

「小笠原莉子《おがさわらりこ》さんにききました。彼女は実在の人物ですが、モデルになった小説が……」

小笠原莉子の旧姓は凜田《りんだ》。凜田莉子だ。彼女がモデルになった小説とは「万能鑑定士Q」シリーズである。莉子はécritureVとⅦにも、「万能鑑定士Q」シリーズのモデルになった人物として登場する。つまりこのécritureシリーズは「万能鑑定士Q」シリーズが実際にあったできごとを小説化したものとして存在する世界であり、écritureシリーズはメタフィクションならぬメタ・メタフィクションなのである。

小説とはなんと不思議な表現方法だろう。登場人物と作中作の登場人物とが交じり合い、どちらも本物で同時に虚構なのだ。この脳を揺さぶられる感覚は、映像作品やマンガでは味わえない。小説が作者と読者とがともに想像した世界を共有する「共犯関係」から生まれる娯楽であり芸術だからである。

すべては私たちの想像力のたまもの。だからこそ、作家はこの世界を壊さないために一字一句までおろそかにできない。杉浦李奈はまさにそのような作家をめざしている。そして、彼女こそ松岡圭祐が理想とする作家になるべく生み出された新人作家なる。

のだと思う。

ライトミステリ、一般文芸ミステリ、ノンフィクション、そして純文学。ジャンルを横断し、作家としてのアイデンティティを獲得しつつある李奈が、この先、どんな作家に成長していくのか。「新人作家」の「新人」がとれるその日まで大勢の読者とともに見守りたい。

本書は書き下ろしです。

この物語はフィクションであり、登場する個人・団体等は、現実と一切関係がありません。

écriture《エクリチュール》　新人《しんじん》作家《さっか》・杉浦《すぎうら》李奈《りな》の推論《すいろん》 IX

人《ひと》の死《し》なないミステリ

松岡圭祐《まつおかけいすけ》

令和5年 8月25日　初版発行

発行者●山下直久

発行●株式会社KADOKAWA
〒102-8177　東京都千代田区富士見2-13-3
電話　0570-002-301(ナビダイヤル)

角川文庫 23774

印刷所●株式会社暁印刷
製本所●本間製本株式会社

表紙画●和田三造

●お問い合わせ
https://www.kadokawa.co.jp/ (「お問い合わせ」へお進みください)
※内容によっては、お答えできない場合があります。
※サポートは日本国内のみとさせていただきます。
※Japanese text only

ISBN 978-4-04-114149-6　C0193

JASRAC 出 2304242-301

角川文庫発刊に際して

角川源義

第二次世界大戦の敗北は、軍事力の敗北であった以上に、私たちの若い文化力の敗退であった。私たちの文化が戦争に対して如何に無力であり、単なるあだ花に過ぎなかったかを、私たちは身を以て体験し痛感した。西洋近代文化の摂取にとって、明治以後八十年の歳月は決して短かすぎたとは言えない。にもかかわらず、近代文化の伝統を確立し、自由な批判と柔軟な良識に富む文化層として自らを形成することに私たちは失敗して来た。そしてこれは、各層への文化の普及滲透を任務とする出版人の責任でもあった。

一九四五年以来、私たちは再び振出しに戻り、第一歩から踏み出すことを余儀なくされた。これは大きな不幸ではあるが、反面、これまでの混沌・未熟・歪曲の中にあった我が国の文化に秩序と確たる基礎を齎らすためには絶好の機会でもある。角川書店は、このような祖国の文化的危機にあたり、微力をも顧みず再建の礎石たるべき抱負と決意とをもって出発したが、ここに創立以来の念願を果すべく角川文庫を発刊する。これまで刊行されたあらゆる全集叢書文庫類の長所と短所とを検討し、古今東西の不朽の典籍を、良心的編集のもとに、廉価に、そして書架にふさわしい美本として、多くのひとびとに提供しようとする。しかし私たちは徒らに百科全書的な知識のジレッタントを作ることを目的とせず、あくまで祖国の文化に秩序と再建への道を示し、この文庫を角川書店の栄ある事業として、今後永久に継続発展せしめ、学芸と教養との殿堂として大成せんことを期したい。多くの読書子の愛情ある忠言と支持とによって、この希望と抱負とを完遂せしめられんことを願う。

一九四九年五月三日

次巻予告

écriture《エクリチュール》新人作家・杉浦李奈の推論 X

怪談一夜草紙の謎

松岡圭祐

2023年10月25日発売予定

発売日は予告なく変更されることがあります。

角川文庫

出版界を巡る
文学ミステリ
読書メーター読みたい本ランキング
続々1位の人気シリーズ
『écriture《エクリチュール》 新人作家・杉浦李奈の推論』
コミカライズ
ture

始動!!
原作：松岡圭祐
漫画：ぬそ
『ヤングドラゴンエイジ』2023年6月末発売号から好評連載中!!

瑠那篇、最高傑作

好評発売中

『高校事変16』

著：松岡圭祐

二学期初日。全国の小中高の学校で大規模な爆発が発生。瑠那と凜香が通う日暮里高校にも事前に爆破予告があり、校内を調べるとプラスチック爆薬が見つかって……。危機に次ぐ危機――JK無双の人気シリーズ、新展開！

角川文庫

角川文庫ベストセラー

クラシックシリーズ
千里眼完全版　全十二巻
松岡圭祐

戦うカウンセラー、岬美由紀の活躍の原点を描く『千里眼』シリーズが、大幅な加筆修正を得て角川文庫で生まれ変わった。完全書き下ろしの巻まである、究極のエディション。旧シリーズの完全版を手に入れろ!!

万能鑑定士Qの事件簿0
松岡圭祐

舞台は2009年。匿名ストリートアーティスト・バンクシーと漢委奴国王印の謎を解くため、凜田莉子がもういちど帰ってきた！　シリーズ10周年記念、完全新作。人の死なないミステリ、ここに極まれり！

万能鑑定士Qの事件簿
（全12巻）
松岡圭祐

23歳、凜田莉子の事務所の看板に刻まれるのは「万能鑑定士Q」。喜怒哀楽を伴う記憶術で広範囲な知識を有す莉子は、瞬時に万物の真価・真贋・真相を見破る！　日本を変える頭脳派新ヒロイン誕生!!

万能鑑定士Qの推理劇　Ⅰ
松岡圭祐

天然少女だった凜田莉子は、その感受性を役立てるすべを知り、わずか5年で驚異の頭脳派に成長する。次々と難事件を解決する莉子に謎の招待状が……面白くて知恵がつく、人の死なないミステリの決定版。

万能鑑定士Qの推理劇　Ⅱ
松岡圭祐

ホームズの未発表原稿と『不思議の国のアリス』史上初の和訳本。2つの古書が莉子に「万能鑑定士Q」閉店を決意させる。オークションハウスに転職した莉子が2冊の秘密に出会った時、過去最大の衝撃が襲う!!

角川文庫ベストセラー

万能鑑定士Qの推理劇　Ⅲ　松岡圭祐

万能鑑定士Qの推理劇　Ⅳ　松岡圭祐

万能鑑定士Qの探偵譚　松岡圭祐

万能鑑定士Qの謎解き　松岡圭祐

万能鑑定士Qの短編集　Ⅰ　松岡圭祐

「あなたの過去を帳消しにします」。全国の腕利き贋作師に届いた、謎のツアー招待状。凜田莉子に更生を約束した錦織英樹も参加を決める。不可解な旅程に潜む巧妙なる罠を、莉子は暴けるのか⁉

「万能鑑定士Q」に不審者が侵入した。変わり果てた事務所には、かつて東京23区を覆った〝因縁のシール〟が何百何千も貼られていた！　公私ともに凜田莉子を激震が襲う中、小笠原悠斗は彼女を守れるのか⁉

波照間に戻った凜田莉子と小笠原悠斗を待ち受ける新たな事件。悠斗への想いと自らの進む道を確かめるため、莉子は再び「万能鑑定士Q」として事件に立ち向かい、羽ばたくことができるのか？

幾多の人の死なないミステリに挑んできた凜田莉子。彼女が直面した最大の謎は大陸からの複製品の山だった。しかもその製造元、首謀者は不明。仏像、陶器、絵画にまつわる新たな不可解を莉子は解明できるか。

一つのエピソードでは物足りない方へ、そしてシリーズ初読の貴方へ送る傑作群！　第1話 凜田莉子登場／第2話 水晶に秘めし詭計／第3話 バスケットの長い旅／第4話 絵画泥棒と添乗員／第5話 長いお別れ。

角川文庫ベストセラー

万能鑑定士Qの短編集 II　松岡圭祐

「面白くて知恵がつく人の死なないミステリ」、夢中で楽しめる至福の読書！　第1話 物理的不可能／第2話 雨森華蓮の出所／第3話 見えない人間／第4話 賢者の贈り物／第5話 チェリー・ブロッサムの憂鬱。

特等添乗員αの難事件 I　松岡圭祐

掟破りの推理法で真相を解明する水平思考に天性の才を発揮する浅倉絢奈。中卒だった彼女は如何にして閃きの小悪魔と化したのか？　鑑定家の凜田莉子、『週刊角川』の小笠原らとともに挑む知の冒険、開幕!!

特等添乗員αの難事件 II　松岡圭祐

水平思考―ラテラル・シンキングの申し子、浅倉絢奈。今日も旅先でのトラブルを華麗に解決していたが……聡明な絢奈の唯一の弱点が明らかに！　香港へのツアー同行を前に輝きを取り戻せるか？

特等添乗員αの難事件 III　松岡圭祐

凜田莉子と双璧をなす閃きの小悪魔こと浅倉絢奈。水平思考の申し子は恋も仕事も順風満帆……のはずが今度は壱条家に大スキャンダルが発生!! 〝世間〟すべてが敵となった恋人の危機を絢奈は救えるか？

特等添乗員αの難事件 IV　松岡圭祐

ラテラル・シンキングで0円旅行を徹底する謎の韓国人美女、ミン・ミヨン。同じ思考を持つ添乗員の絢奈が挑むものの、新居探しに恋のライバル登場に大わらわ。ハワイを舞台に絢奈はアリバイを崩せるか？